夢《む》剣《けん》霞《かすみ》ざくら

浮世絵宗次日月抄

下

新刻改訂版

一面菜の花が咲き誇《ほこ》り桜が満開の大和国《やまとのくに》飛鳥《あすか》の**大原《おおはら》の里《さと》**は、蘇我《そが》一族専横の時代に一撃を加えた中臣鎌足《なかとみのかまたり》の『**産湯《うぶゆ》の地**』である。華麗なる激動の彼の人生から1400年余。**大原の里**は今も菜の花と桜とレンゲの花が目を見張るほど美しい溜め息の出る静寂の地であった。

写真・文／編集部

美雪《みゆき》の生母《はは》の遥《はる》かに遠い血筋と伝えられている蘇我一族。その蘇我一族に大打撃を与えた中臣鎌足の『**産湯屋敷の跡**』は、菜の花や桜、レンゲの花などが咲き乱れる静寂の地、**大原の里**を前にして位置している。『産湯屋敷の跡』に漂《ただよ》っているのは、ただただ静寂のみ。小鳥の囀《さえず》りも虫の音も聞こえてこない。門を潜《くぐ》り裏庭に出ると崖《がけ》に阻《はば》まれ、急斜面の下に『**産湯の井戸**』を見つけた。井戸端《いどばた》で一人の武将が刀に手をやり、凄《すご》い目でこちらを睨《にら》みつけている。中臣鎌足だ……。

新刻改訂版

夢剣《むけん》 霞《かすみ》ざくら（下）

浮世絵宗次日月抄

門田泰明

祥伝社文庫

十七

普段《ふだん》、表口の腰高障子を閉ざしたままの「対馬屋《つしまや》」は、看板をあげている訳でもなく暖簾《のれん》を下げている訳でもないため、外から眺めただけでは何の商売をしているのか判り難い。

「私は表口から入りますから若様は横手口からお入り下さい。この刻限、客が少のうございませぬから」

老爺進吉《しんきち》に表口の手前で囁《ささや》かれた宗次《そうじ》は、「うん」と短く答えて頷《うなず》き、隣の銭屋久左衛門《ぜにやきゅうざえもん》宅との間の路地へと入っていった。

「対馬屋」の横手口というのは、路地の奥まった右手にあって、目立たぬ小造りな冠木門《かぶきもん》の構えになっていた。この横手口が「対馬屋」の日常生活上の出入口となっていることは、余程に長い付き合いがある者でないと判らない。

門扉《もんぴ》は一見すると二枚の両開きに見えるが、ここからの自由な出入りを許されている者は、門扉のうち一枚は固定された造りで動かないことを心得ているし、もう一方の門扉を開けるにしてもカラクリ錠を解く必要があることを承知している。

横手口の前に立った宗次は、固定されて動かない方の門扉の把手《とって》に触れると、然《さ》り気《げ》なく辺りを見回してからそれを右に回し、更に逆に回して元へ戻した。

次に動く方の門扉の把手に触れると、上に上げてから下に下げ、今度は左へ一回転して、また逆回しで元へ戻した。

すると、微《かす》かにカタンという音がして、門扉はそれが自分の意思であるかのように小さな鈴の音《ね》を鳴らしつつ穏やかに内側へと開いていった。

門扉が開き切ると、竹帚《たけぼうき》を手にした厳しい顔つきの五十過ぎくらいに見える初老の男が立っていたが、宗次だと判ってか「あ、これは……」と豹変《ひょうへん》した。愛想《あいそ》よく目を細め、「ようこそ御出《おいで》なされませ」と丁重《ていちょう》に頭を下げる。

「いきなり訪ねて来て申し訳ねえな矢介《やすけ》」

「とんでも御座居ません。旦那様は居間に御出《おいで》でございます。さ、ご案内申し上げましょう」

「なあに、気遣《い》いは要らねえよ。勝手知ったる我が家みたいなもんでえ。庭仕事の手を休ませてしまって申し訳ねえな。行かせて貰うよ」

宗次は矢介の肩に軽く手を置いてから、手入れが行き届いて綺麗な竹林の小道へと入っていった。竹林とは言っても右手直ぐのところに高い板塀は見えているし、左手には広縁がちらついて見える、縦に長く幅の狭い林だった。

「対馬屋」に創業時から勤めている下働きの矢介が一本一本を大切に世話するかのようにして育てあげた多年生常緑である真竹《まだけ》の竹林で、春から初夏にかけては野鳥が盛んに訪れ、また味の良い筍《たけのこ》もよく穫《と》れた。

宗次が小道を少し進んだところで、ふと何かを思い出したかのように振り向いてみると、真面目《まじめ》すぎるほど真面目な人柄で「対馬屋」の職人たちから親しまれ好かれている矢介は、竹帚を胸元に引き付けた真っ直ぐな姿勢で竹林の入口に立ったままで、まだ見送っていた。

宗次は二、三歩戻ってから、笑みを見せ小声で訊《たず》ねた。

「今朝の朝穫《あさど》りは？」

「格別に柔らかそうなのが七、八本穫れてございます」

「ありがてえ。じゃあ矢介よ、いつもの通り……」

「畏《かしこ》まりました。直ぐにも煮付けを始めましょう。ちょうど、新鮮ないい若布《め》を表通りの『魚政《うおまさ》』が持ち込んできてくれましたから、それと一緒に」

「じゃあ今日は久し振りにゆっくりさせて貰おうかい。とはいっても、夕方には紙問屋の『富士屋《ふじや》』を訪ねなきゃあならねえんだが」

「そう仰らずに『富士屋』とのお約束をお忘れになって、ゆっくりなされませ。旦那様が大層お喜びになりましょうから」

宗次は「うん……そうだな」と頷いて笑顔を残し、踵《きびす》を返して歩き出した。

雑草一本生えていない「対馬屋」の竹林だった。明るくて、仰ぐと青空が透けて見える。

真竹は一定の周期で開花して枯れることを承知している矢介は、筍を穫り切ってしまうようなことはせず、次の世代を育てる苦労を惜しんでいない。古い真竹を適時に伐採し竹の子（筍）を育て上げる手間と呼吸は、実は簡単なようでかなり難しい。

それに真竹は我が国の自生種なのか、それとも渡来種なのか、実は未だによく判っていなかった。

宗次は筍と若布の煮付けが大好物である。これを肴《さかな》に酒を味わう気分をとくに大事にしている。大剣聖として各流派の剣客たちから崇《あが》められた今は亡き父（養父）梁伊対馬守隆房《やないつしまのかみたかふさ》がそうであったからだ。父の好みを大切に受け継いでいた。

鰻《うなぎ》の寝床のような竹林を出ると、一見して刀の鍔《つば》の形と判る泉水（池）があった。

縁《へり》を自然石でしっかりと組み上げたこの泉水は、御上《おかみ》の許可を得て三味線堀《しゃみせんぼり》川から地中の導水管を経て水を引き入れている。

刀商百貨の老舗《しにせ》「対馬屋」だからこそ許可《ゆるし》が出た、三味線堀川からの引き水だった。

なにしろ旗本大家だの、大名家だの、奉行所役人だのの刀の手入れは、殆《ほとん》ど「対馬屋」が一手に引き受けていると言っても過言ではなかったから。

落葉低木のムラサキシキブを繁茂させている泉水の縁を左へ回り込むと、目の前に障子を開け放った日当たりのよい座敷があって、大きな文机《ふづくえ》を前にして座っていた七十半ばくらいに見える小柄な白髪《しらが》頭の老爺が「おお、若様《わか》、ようこそ……」と、宗次を認めて破顔し、立ち上がった。この老爺こそ名刀匠の折り紙が付いている「対馬屋」の主人《あるじ》、柿坂作造《かきさかさくぞう》である。

大きな御影石《みかげいし》（花崗《かこう》岩の別称）を積《つ》み組《く》んだ石段を身軽に三段上がって雪駄《せった》を脱いだ宗次は、「変わりないか爺……」と言いながら、ゆったりとした広い造りの濡れ縁（雨戸の外側の広縁）から中廊下を横切り明るい座敷へと入っていった。

「急な御出《おいで》でございまするが、また何処《どこ》ぞで騒動を起こしての対馬屋詣《もう》ででは ございますまいな若様」

作造が床の間を背にした上座から文机の下座側に移って、ごく自然な所作で「さ……」と宗次に上座を勧めた。

「そう皮肉を言うてくれるな爺。私が江戸で心から心身《からだ》を休めることが出来るのは、爺のところを除けば一つか二つ程度《くらい》しかないのじゃ」

と、宗次は屈託がない表情を拵《こしら》えて笑いながら、これもごく自然に上座に正座をした。胡座《あぐら》を組まずに正座だった。柿坂作造相手の喋《しゃべ》り方が、いつものべらんめえ調子ではない。

「今日はゆっくりして戴けるのでしょうな」

「先ほど庭先で矢介に同じことを言われてな。それと表通りでばったり進吉に出会《でお》うて研《と》ぎを頼んだ手前もあって、そそくさとは帰り難《にく》いわ」

「業物《わざもの》でございまするか。進吉に頼みなされた研ぎは」

「大番頭《おおばんがしら》六千石の大身お旗本、西条山城守貞頼《さいじょうやましろのかみさだより》様のご息女の懐剣でな」

「な、なんと、大番頭西条様のご息女の……」

「ん？　爺は西条山城守様をよく存じておるのか」

「あ、いいえ。お付き合いは未だございませぬが、西条山城守様と申せば武断派の英傑として、江戸の刀匠仲間の間では知らぬ者がないほどの御方《おかた》でございます。その西条家のご息女と、若様はお知り合いでございまするのか」

「うむ、まあ……少しな」

「これはまた生煮えな御返事でございますな。さてはまた何やらごたごたと面倒をお抱えになってしまわれたのではありますまいな」

「爺、西条家のご息女の件に関しては、夕方までには気持を整理した上で経緯《けいい》などについて打ち明けることを約束致そう。但《ただ》し差《さ》し支《つか》えない範囲でな。それまで暫《しばら》く待っていてくれ」

「判りました若様。では、西条家のご息女の懐剣に関してだけ、刀匠として今お訊ねさせて戴きまする。その懐剣、すでに血を浴びておりまするのか」

「浴びておる」

「やはり……で刃毀《はこぼ》れは？」

「私と進吉ふたりの眼は、刃毀れなし、と見ておるのだが」

「銘は？」

「まだ茎《なかご》を検《み》ておらぬので判らぬ……が、相当な業物と思うておるのだがな」

聞いてこっくりと頷いた作造は、ふた呼吸ばかり考える様子を見せたあと、座敷の外に向けて手を打ち鳴らした。

「お種《たね》や……いるか、お種」

「はあい、ただいま」

と、直ぐに小娘ではないと判る女の声が返ってきた。

広縁を摺《す》り足《あし》の音が、急ぐ様子で次第に近付いてくる。

「お呼びでございましょうか旦那様」

と、座敷前に女中身形《みなり》の色の浅黒い四十半ばくらいに見える女がきちんと正座をした。

宗次を見て「まあ、若様……」と女が驚き、「横手口から入らせて貰《もろ》うたよ」と、宗次がやさしく目を細める。

「若様に難波屋《なんばや》の羊羹《ようかん》と茶をな」

「承知致しました。梅饅頭《うめまんじゆう》もお付け致しましょう」

「それがいい、うん」

作造に命じられ笑顔で腰を上げようとした女中の種に、宗次が「あ、お種さん、ちょいと頼みが……」と声をかけて右手を袖の中へ入れた。

「すまねえが誰かを紙問屋の『富士屋』へ使いに出してくれめえかい。急ぎという訳じゃあねえんだがな」

「私でよければ参りますですよ若様。『富士屋』さんなら、そう遠くではありませんし、旦那様の御用で行ったことも二、三度ございますから」

「そうかえ。じゃあこれで……」

と、袖の中から小粒を取り出した宗次は、それを種の方へ差し出した。

種が座敷の中へ膝頭《ひざがしら》を滑らせるようにして入ってきて小粒を両手を広げ丁重な様子で受け取り、宗次の顔を見つめ次の言葉を待った。

作造は、小粒を受け取った両手を宙に浮かべたままの種の手元を黙って見つめている。

「てえした用じゃねえんだが……」

と、そこで言葉を切った宗次は、思い直しでもしたのか、また袖の中に手を入れて小粒をつまみ出し、宙に浮かべて開かれたままの種の手にそれを加えた。種を相手の喋り様《よう》は、いつものべらんめえ調に戻っている。

「その『富士屋』に十三、四の吾作《ごさく》ってえ小僧がいるんだがな。お種さん知ってるかえ」

「名前は知りませんけれど、十三、四くらいに見える『富士屋』さんで一番若い小僧さんですか。童顔《わらべがお》って言いたくなるような」

「そう、その小僧が吾作だい。でな、お種さんよ。浅草寺《せんそうじ》の出店奥の『喜村屋《きむらや》喜文堂《きぶんどう》』で七福神の人形焼をたっぷり買って持ってってやってくんねえかい。

宗次は今日、大事な用があって『富士屋』さんを訪ねることが出来ねえ、ってな」

「それだけを伝えればお宜しいのですか」

「ああ、それだけでいい。ここへ来る途中に『富士屋』の店前《たなまえ》で吾作に摑《つか》まってしまってよ。大旦那思いの吾作に約束させられてしまったんでい。夕方には御機嫌《ごきげん》うかがいで、大旦那の九造《きゅうぞう》さんを必ず訪ねるってな」

「左様でございましたか。それでは矢張り女の私が『富士屋』さんをお訪ねして、上手にやわらかく若様の口上を申し上げた方が、宜しゅうございましょう。それにしても人形焼に小粒二つは少し多過ぎます」

「余ったら取っときな。いつもお種さんには無理を言ったり世話をかけたりしているんだからよ」

「ですが……」

と、種は困惑したように作造の方へ視線を移した。

作造が「うん」と頷き、種が「それじゃあ若様……」と表情を改めて袂《たもと》に小粒をしまい「なるべく沢山《たくさん》、人形焼を買うように致しまして……」と御辞儀をした。

作造が「おっと……」と、大事を気付いたかのような顔つきになって言った。

「まかり間違っても『富士屋』で、若様という言葉を用いてはならぬぞ。判っているなお種」

「はい。心得ておりますですよ旦那様。昨日《きのう》や今日《きょう》『対馬屋』へ奉公に入った私ではございませんので」

「念を押しておるのだ。念を……」

「ご安心下さい。三年前にお亡くなりになった奥さまの布由《ふゆ》様からは、お種に頼めば何事も安心、と言われた程の私でございますから」

言われて作造が鼻の先を「ふん……」と小さく鳴らし、種はもう一度宗次に対し丁重に御辞儀をしてから「それでは若様……」と、座敷から出ていった。

「大番頭《ばんとう》（進吉）に此処《しわが》へ来るように言っておくれ、お種」

と、作造の大きな嗄れ声が種の後を追いかけ、「はい、承知致しました」と明るい返事が返ってきた。

「お種さんがいるので何かと助かるのう爺」

「誠にその通りでございます。家内の布由が亡くなってから早いもので、もう三年が経《た》ちます。今年も間もなく、家内《あれ》が大切に育てたムラサキシキブが花を咲かせましょう」

「本当に早いのう。刻《とき》が流れるというのは……布由が亡くなって、もう三年かあ」

宗次と作造の視線はどちらからともなく、繁茂するムラサキシキブに囲まれた庭の鍔《つば》の形をした泉水の方へと流れた。

ふたたび広縁をこちらへ向かって近付いてくる摺《す》り足の音が伝わってきた。聞いて男のそれと判る重さが感じられる。

「失礼致しまする」

と、座敷のかなり手前で、二人には進吉と判る声がした。

「構いませぬよ。お入り」と、作造が即座に応じる。

それでも進吉は座敷の前に正座をすると、宗次から預かった懐剣を膝の前に横たえ、綺麗なゆったりとした御辞儀をしてから懐剣を手に座敷に入ってきた。

「ここへ……」

作造は文机の下座の位置に座っている自分の隣を目の動きで示した。

「はい」と、作造の横に姿勢正しく正座をした進吉が文机の上に懐剣を横たえて、真っ直ぐに宗次を見た。

「その目つきだと進吉、懐剣が相当な業物《わざもの》だと判ったな」

「誠に凄い業物でございました若様。これはとても若い研ぎ師には任せられませぬ。旦那様か私の手で研ぎませせぬことには」

「で、銘は？」

「若様ほどの御人《おひと》であっても、この業物の茎を検《み》ずして確実に銘を言い当てるのは無理、と頷けましてございます」

「平造《ひらづく》りの内反《うちぞ》りで小板目肌《こいためはだ》のよく詰んだ鍛えはおそらく鎌倉《かまくら》末期、拵えは室《むろ》町《まち》末期あたりかと想像してはみたが、他はよく判らぬ」

「さすが若様。鍛えの鎌倉末期、拵えの室町末期は間違ってはおりませぬ。ずばり、その通りでございます」

「ほほう……」

「では若様。この業物の刃に……」

と、そこで言葉を切った進吉は文机の上の鍔無し懐剣を取りあげて、鞘《さや》を払ってみせた。

「いまは何も彫《ほ》られていないこの刀身の表（左側）に若《も》し、秩父大菩薩《ちちぶだいぼさつ》、そして刀身の裏（右側）に若《も》し梵字《ぼんじ》が刻まれていて、しかも鍔付きであらば、どう御覧になられますか？」

「なんと……鍔付きでしかも、刀身の表に秩父大菩薩、裏に梵字の刻《き》り込《こ》みあり、と言う場合か」

「はい」

「それならば、言わずと知れた名匠、備州《びしゅう》長船住景光《おさふねかげみつ》の小《ち》さ刀《がたな》（短刀）。しかも上杉謙信《うえすぎけんしん》公愛用の短刀と伝えられ、今も上杉家累代《るいだい》の家宝となっている筈だが」

「その通りでございます。上杉家累代の家宝である備州長船住景光の短刀から、刀身表裏の彫り文字と鍔を取り除いたものが、若様よりお預かりしたこの懐剣でございます。贋作《がんさく》、などではございませぬ。正真正銘、備州長船住景光の作でございます」

聞かされた宗次は腕組をして考え込んでしまった。

武断派の幕府重鎮《じゅうちん》としてその名も高い西条家は、旗本名家としても最右翼にある。

それにまた一つ、景光作の短刀によって戦国時代の名将上杉謙信公とのつながり云云《うんぬん》が加わることとなる。

「うむ、いい短刀じゃ。さすが景光の作」

手に取って眺めた対馬屋作造（柿坂作造）が、鋭い目つきを見せて頷いた。そしてこう言った。

「これは進吉が研ぎ、大番頭《ばんとう》としての仕事ぶりを、研ぎが終ってから若い職人たちに見せてやりなさい。これほどいい刃じゃ。研いだあとの素晴らしい光沢《こうたく》は、他の職人たちにとってもよい勉強になろうからな」

「はい。その積もりでおります旦那様」

「これは特に切っ先三寸の研ぎが大切じゃな進吉。若様は、これの切っ先で幾人を倒されましたのじゃ」

「さて、一人だったか二人だったか……いや三人だったか」

と口を濁《にご》したあと、宗次は小さな苦笑を口元に浮かべた。

作造もその苦笑に付き合ったあと、懐剣を進吉の手に戻した。

「いずれにしろ進吉。若様は切っ先三寸で幾人かを倒されたようじゃ。念入りに慎重に切っ先の研ぎをな」

「承知いたしました」

「それから今夜は、若様に泊まって貰うぞ。儂《わし》は此処で若様と二人で酒を楽しむが、今日は職人たちに早目に仕事を終えて貰い、二階の大広間で酒を楽しませるがよい。日頃皆いそがしい思いをしておるのでな。お種に言うて上等の仕出しを取り寄せてやっておくれ」

「それはそれは皆も大層喜びましょう。ありがとうございます」

進吉は自分のことのように目を細めて礼を言い、にこにことした表情で満足そうに座敷から去っていった。

十八

夜が更《ふ》けた。

対馬屋作造は、宗次から注がれた灘《なだ》の銘酒で軽く唇を湿らせると、朱塗の平盃を静かに、矢張《やは》り朱塗の縁高盆《ふちだかぼん》に戻した。縁高盆とは、盆の周囲《ふち》に高さ一寸ほどの堤《かこみ》がある角盆（折敷《おしき》または隅切盆《すみきり》とも）のことを言い、これをお重《じゅう》に見立てて客をもてなす場合に用いる。

つまり料理の風流の演出であるから、この角盆にのる料理も一流の料理人が手がけたものでなければならない。

いま二人の前にある進肴《しいざかな》（強《し》い肴《ざかな》とも。客に酒をすすめる時の肴）は浅草《あさくさ》の宵待草《よいまちぐさ》（夜の社交界）で評価の高い料理屋「今柿善《いまかきぜん》」から取り寄せた、鮑《あわび》、大根、葱《ねぎ》の「炊き合わせ」に鯛《たい》の「お造り」、そして結《むす》び麩《ふ》と菜《な》の花《はな》に辛子《からし》を添えた「赤白合せ味噌仕立ての汁」の三品だった。それに「対馬屋」の調理場が拵えた筍《たけのこ》と若布《わかめ》の煮付けが加わっている。

酒は微温燗《ぬるかん》であった。冷めないようほどほどに熱せられた三合入りの鉄徳利《かなとくり》に入っていた。鉄徳利は極めて珍しいがそれもその筈、「対馬屋」製であって、こういうものは訳もなく「対馬屋」で作ることが出来た。しかも何となく物足らぬ感じの一合入りでも二合入りでもなく、二人呑み用としては実《まこと》にいい塩《あん》梅《ばい》な三合の鉄徳利という点が心憎い。

作造が鯛のお造りに箸《はし》を持ってゆきつつ、しんみりとした口調で言った。

「私がこうして若様と酒を楽しめる機会は、さほど多くは残っておりますまい。せめてこの目が黒い内に可愛《かわい》い嫁を貰《もろ》うて下され」

「気の弱いことを言うてくれるな爺。天上で父が苦笑《にがわら》いを漏らしておられるぞ」

「なんだか近頃は、無性に対馬守様（亡き宗次の父）にお目にかかりたいと思う日が多くなりました。早く嫁を貰うて赤子の顔をこの爺に見せて下され」

「そう嫁嫁と追い込んでくれるな。こればかりは私一人で勝負の出来ぬことだからのう。それに、私が嫁を貰うた途端、安心してぽっくりと逝《い》かれても困る」

「ははははっ。爺を長生きさせるために嫁を貰うことを引き延ばされるお積もりか」

「ま、そう思うてくれい。ははははっ」

鯛のお造りを口へ運んだ作造の平盃へ、宗次は鉄徳利の注ぎ口を静かにゆっくりと近付けた。しかし、注《つ》がない。置き盃への注ぎ（相手が手にしない盃に注ぐこと）は最も無礼な作法であり、酒作法の点でも下《げ》の下《げ》である。

「大番頭西条山城守様のご息女は、お幾つになられますのかな」

と訊ねながら作造が平盃に手を伸ばした。その動きも刻《とき》の流れを忘れたかのように、ゆったりとしたものであった。

「確か二十……ではなかったかと思うが」

「ご容姿はいかがです？」

「それはもう、大変にお美しい。吉祥天女《きつしようてんによ》か楊貴妃《ようきひ》か、と言いたくなるほどにな」

「それはまた……それほどの御方ならば、もう嫁ぎ先は決まっておられましょうな」

「事情あって嫁ぎ先から戻ってこられた御人なのだ」

「なんと……それでは離縁？」

「うむ。一方的にな」

「西条山城守様ほどの武断派英傑のご息女、しかも吉祥天女か楊貴妃かと言われるほどの女性《ひと》を一方的に離縁するなどとは……只事ではありませぬな若様」

「う、うむ……」

「若しや若様。そのご息女の懐剣で切り抜けられたひと波乱は、よもやご息女の離縁と直接にか間接にか関わりあるのではございますまいな」

「それについては判らぬ。この場で今それについて語れば、すべて臆測となってしまおう。いい加減なことは言えぬよ作造」

「しかしながら若様……」

「差し支えない範囲で話す、と先に言うておいた筈であったな爺。西条家のご息女に纏《まつ》わる話は一応ここまでと致しておこう」

「左様ですか……判りました。ではまた時がくれば、お聞かせ下され」

「うむ。時がくればな」

宗次が頷いたとき、二階の大広間でどっと生じた大勢の笑い声が、宗次と作造の耳にまで届いた。

「楽しんでおるな」

作造がちらりと天井を仰ぎ見て、穏やかに笑った。

「そうそう。酔って忘れてしまってはいかぬ。今の内に若様にお見せ致しておきましょうかな」

作造は思い出したようにそう言うと、立ち上がって足元をちょっとよろめかせ、「大丈夫か」と心配する宗次を置いて次の間《ま》との仕切《しき》り襖《ぶすま》を開けた。

大きな刀簞笥《かたなだんす》の備えがある次の間《ま》であった。その簞笥が主として製作途上の大小刀の収納簞笥であることを宗次は知っている。

行灯《あんどん》の点《とも》っていない薄暗いその座敷に入っていった作造は、刀簞笥の一番上の引き出しを開けて一振りの大刀を取り出した。

白木鞘・柄《つか》の刀ではなく、鞘も柄も見事に拵えを済ませている大刀であった。

宗次と向き合った席に戻った作造が、「ご覧下され若様」と、それを差し出した。

受け取った宗次は「ほほう……」と目を細めた。鞘の長さからみて刃長《はちよう》二尺五、六寸というところか。

「なかなかな拵えではないか。これは素晴らしい」

「お気に召されましたかな」

「黒鮫皮《くろさめがわ》で覆われた柄の目釘《めくぎ》飾りは金彫りの桜模様。その上から染革で掛巻として黒漆塗の角頭（柄先端）までをしっかりと掛絞めしている技は見事な天正《てんしょう》拵《ごしらえ》……実によく出来ている」

「鍔は地味な鋼色《はがねいろ》そのままに桜の花の彫り込み、鞘は無用の飾りを排し帯通しの際の滑りを重く見て黒蠟色塗《くろろういろぬり》と致しました」

「うむ、滑りのよさそうな美しい鞘じゃ爺。気品が漂うておる。中を見せて貰いたい。構わぬか」

「是非《ぜひ》にも……」

宗次は作造が深深と頷くのをひと呼吸待ってから、鞘尻を上、柄頭を下にして刀を目の前に立てると静かに鞘を払った。ひと呼吸待ったのは、刀の持主への基本的な礼儀であった。

「これは……」

と、宗次は息《いき》をのんだ。左手で払い持った鞘を手放すのを忘れている。

「凄い……」

と呟いて、宗次は刃にじっと見入った。作造の目は宗次の口元に注がれ、次に何を言ってくれるかと心待ちにしているかのような物静かな笑みを見せている。

「爺……」

「はい」

「これは一体誰の作じゃ。天下の名刀工と仰がれ日本刀中興の祖と敬《うやま》われておる相州《そうしゅう》伝・五郎入道正宗《ごろうにゅうどうまさむね》の作風にどことのう似ておるが、しかし新しい息吹き・香りを感じる点が僅《わず》かに頷けない。これは……驚くべき出来栄えぞ爺」

「まあまあ若様。ゆっくりと御覧なされませ」

「碁石のように丸くうっすらとした刃《は》形が綺麗に連なり流れている互《ぐ》の目《め》、刃《は》縁《ぶち》に粒だった地沸《じにえ》が厚くつき、湯走り・金線・砂流《すなが》しがかかって何とも言えぬ覇気ぞ……この点はまさしく相州伝・五郎入道正宗としか思えぬ」

まだ鞘を手にしたままの宗次の言葉に、作造は孫でも見つめるかのように優しい目をするだけで無言だった。

稀代《きだい》の名刀工相州伝・五郎入道正宗は、鎌倉の寿福寺前から六地蔵へ抜ける今小路《いまこうじ》（鎌倉時代には今大路・鎌倉市史）で弘長《こうちょう》三年（一二六三）あるいは文永《ぶんえい》元年（一二六四）に生まれたとされているがこれは一説であって、確かなその生没年月は今以《もっ》ってはっきりとしていない「伝説的実在人物」であった。

たとえば没年は八十一歳（康永《こうえい》二年・一三四三）とする文献が存在するものの「信を置きかねる」とされていることを宗次は勿論《もちろん》のこと学び知っている。

そして、四百年以上の時の流れが、この稀代の名刀工の「伝説性」に一層の拍車をかけていることは間違いない、と宗次は思ってもいた。

「久し振りよのう、刀を見てこれほど気持が高ぶったのは」

そう言いつつ宗次はようやくのこと刀を静かに鞘に納めた。

「さ、教えてくれぬか爺。この刀は誰の作なのじゃ。鎌倉期の特徴がまぎれもなく漂うておる名作ぞ。刃文《はもん》の強く鋭く華やかに感じる鍛え様《よう》は確かに五郎入道正宗を思わせるが……しかし新しく感じる香りが領けない」

宗次は大刀を両手でうやうやしく持ち、向き合っている作造に返そうと差し出した。

作造がにっこりとして首を横に振った。

「余程にお気に召されたようで、この爺、嬉しく思います。それは若様に差し上げようと、この爺が二年の歳月をかけて鍛《つく》りあげましたもの。銘はまだ付けておりませぬが」

「なんと……爺が私のためにか」

宗次は息をのんで作造を見つめた。

「爺の残された人生は、もう長くはありませぬ。ひと振りの刀を鍛えあげる力が残っている内にと、覚悟を決めて取りかかり、ようやく満足できる物に仕上がりました。若様に差し上げます。爺の遺刀《いとう》であると思ってお受け取り下されｌ」

「私のために二年もかけて鍛《つく》りあげてくれたと言うのか」

「はい。これで爺は天上へ参りましても、大剣聖と謳《うた》われた若様の御父上に心置き無くお目にかかれまする」

「ありがとう爺。さすが江戸刀匠の最高峰と言われておる爺の作刀。私が正宗刀と見紛《みまご》うほどの凄い出来栄えぞ。まだまだ長生きして貰いたい爺に、遺刀などと言わせる積もりはないが、この宗次嬉しく頂戴しておく」

宗次はそう言って両手持ちの大刀に対しうやうやしく頭《こうべ》を下げると、それを胸元に引きつけ、今度は名工作造に向かって丁重に深く腰を折った。

応えて矢張り深深と頭を下げる作造の目は、もう潤《うる》んでいた。

宗次は鞘の表側、裏側をやさしく撫で「銘はまだ無い、と言うたな爺」と訊ねた。

「はい。まだ銘を茎に刻んではおりませぬが、案はございます」

「聞かせてくれ」

「若様がお許し下さるならば、対馬守、を用いて『宗次対馬守作造』と銘打ちたく思いまするが……」

「なに。『宗次対馬守作造』とな」

「いけませぬか」

「構わぬ。亡き父梁伊対馬守隆房にも異存はない筈。それどころか喜んでくれよう。『宗次対馬守作造』を確かに承知したぞ」

「ありがたや。では明日にでも茎に銘を刻ませて戴きましょう」

「うむ。新たなる名刀の誕生じゃ」

宗次は満面に笑みをたたえて、胸元に引き寄せたまま微動だにさせぬ名刀「宗次対馬守作造」を、名匠柿坂作造の手に預けた。

「早いもので……」

と、宗次から受け取った刀を静かに脇へ置いた作造は、何かを思い出すかのようにして視線を宙に泳がせた。

「私が大剣聖である従五位下・梁伊対馬守隆房様に出会《でお》うてから、すでに十七年、いや十八年が過ぎましたか……」

「うむ。確か私が十歳の頃であったな。一面識もない爺が全く突然に父の前に現われて、『大剣客が所持する脇差を是非ともこの柿坂作造につくらせてほしい』と懇願《こんがん》したのは」

「対馬守様はジロリと私を一瞥《いちべつ》したきり一言もなく、それでも諦めない執拗《しつよう》な私を三度に亘《わた》って無言のまま拒絶なされました」

「父は俗世嫌い、人嫌いであったから、いきなり現われて脇差をつくらせてくれと懇願した爺に、余程驚いたようであったなあ」

「いま思い出しても背筋から冷や汗が噴き出て参ります。この無礼者がっ、とよくぞ首をはねられなかったものと……それほど無作法な私でありましたからな」

「ははは っ。父は厳しい人だが、それくらいの無作法で首をはねたりはなさらぬよ。あの頃の爺はすでに此処で刀商百貨を構え幾人もの弟子を持つ江戸では相当に高名な刀工であると、父は承知しておったようじゃ。それに訪れるたびに若様若様と私をよく可愛がってくれる爺に、さしもの父も軟化し始めておったようでな」

「え。それははじめて耳に致しまする。真《まこと》でございますか」

「うむ、真じゃ。子供の私にも父の微妙な変化はよう見えておった。いや、子供だからこそよう見えていた」

「そうでありましたか。あの当時《ころ》の私は壁に突き当たって、なかなか良い刀が鍛《つく》れず焦りに焦って絶望感に打ちのめされ半分自棄《やけ》になっておりました。その私に活路を開いて下されたのが対馬守様のご指導でありご指摘でありました」

「父が爺の懇願を受け入れたのは、四度目であったかな」

「いいえ。三度拒絶され、四度目にようやく話を聞いて下さり、五度目にそれまで手がけた小刀・短刀などを十四、五本も検《み》て下さって、ようやくのこと『ならばやってみよ』と承知下されたのです」

「そうか。五度目であったのか」

「いやあ、もう、飛び上がるほど嬉しゅうございました。それにしても対馬守様の刀の鑑定の凄さには度胆を抜かれます。この部分が弱点、茎の鍛えで気を抜いておる、切っ先の研ぎが不充分、この刃では闘えぬ、などなどそれはもう神眼《しんがん》と申してよい程の凄さでございました。指摘されて震えあがったことをはっきりと覚えております」

「その爺がいまや江戸刀工の最高峰と称されておるのだ。父も天上で喜んでおろう」

「精進《しょうじん》を決して怠《おこた》らぬと約束するなら商《あきな》いの屋号《やごう》として『対馬屋』を用い

てもよい、と対馬守様がお許し下されたときは、天にも昇る心地で思わず泣いてしまいましてございます」

「呑もうぞ爺。今夜は私も名刀を得て天にも昇る心地ぞ」

「はい、呑みましょう」

二人はお互いの平盃に酒を注ぎ合った。

「もう一度だけ申しますぞ若様。早く嫁を貰うて爺を安心させて下され。若様の子を見てからでなければ、死ぬに死ねませぬ」

作造はそう言うなり一息に盃を空にした。

「そう死ぬ死ぬと言うてくれるな爺。私は私で浮世絵師として大変忙しい毎日であることをよく知っておろう」

「よく存じ上げておりますとも。今や大名旗本家、神社仏閣はもとより、京《みやこ》の御所様（天皇）からさえお声がかかると聞いております。それに致しましても大名旗本家も人を見る目がありませぬなあ」

「どういう意味じゃ」

「屋敷を訪れた浮世絵師宗次をひと目見れば、その身を包んでおる気位の輝きはすぐさま判る筈。世が世であれば……」

「よせ爺。それより先は口にしてはならぬ。口には致しませぬ、という約束である筈じゃぞ。昨日今日《きのうきょう》の約束ではない。もう幾年月に亘る約束事じゃ」

「そうでありましたな。ですが爺は口惜《くや》しくて……」

「言うてくれるな。うんと呑もう……な、爺」

「若様と酒を楽しめるこのような夜が、あと幾度残っておりますかなあ」

「またそのように縁起でもないことを言う……」

宗次は少し怖い表情で作造を見据えながら、「さ……」と鉄徳利を差し出した。

十九

作造の居間に隣接する床《とこ》の間《ま》付き十二畳の客間に敷かれた薄《うす》っぺらな寝床《ねどこ》に、宗次は「いい気持だ……」と漏らしながら風呂あがりの体をゆったりと横たえた。作造相手に久し振りにそこそこに呑んだ積もりであったが然程《さほど》に酔った気分ではない。

ただ、作造が自ら拵えた余りにも見事な刀を与えられるとあって、さすがに気持は高揚していた。

体の下の薄っぺらな寝床は、宗次も承知の上である。「剣客」としての腰筋、背筋を衰えさせないため、宗次が求めたものであった。

もう大層昔のことだ。

隣に接する作造の居間との間は厚い土壁仕切りであるため、寝息は微かにも伝わってこなかったが、宗次は会うたびに老いを深めているように窺《うかが》える作造の体が心配だった。

寝返りを打つと、大行灯のゆらめく明りの向こうに床の間があって、刀架けに名匠柿坂作造渾身の作、「宗次対馬守作造」が架かっていた。

「実にいい……まさしく徳川《とくがわ》時代の五郎入道正宗ぞ」

呟いて宗次は「私のためにも長生きしてくれよ爺」と、願いを込めたかのようにして付け加えた。

二人だけの久し振りな宴《うたげ》を終え、種と台所手伝いの小女が盆や食器などを片付けて座敷から去って行ったとき、作造はまるで待ち構えていたかのように改まった顔つきとなり、「今宵《こよい》は新刀《これ》と共に同じ部屋で寝てやって下され若様」と「宗次対馬守作造」を宗次に差し出した。そのときの作造の表情——達観したような——が妙に気になって仕方がない宗次である。

大行灯が、ジジジ……と油を鳴らした。

宗次は目を閉じた。

心地よい眠気《ねむけ》が、風呂場で清めた春酔《はるよ》いの五体にひたひたと寄せてくる。酒の後の入浴は五臓六腑に湯中《ゆあた》りなどが生じて体によくないと当然のこと承知している宗次であったから、湯船には浸《ひた》らず湯浴びで今日一日の汗と疲れを流しただけだった。

眠気がいよいよ深まって、どうしようもない心地よさに落ち込んでゆく自分の様子が、宗次にはよく見えていた。

と、目の前に不意に美雪《みゆき》の美しい笑顔が浮かびあがり、次いで血まみれの廣澤和之進《ひろさわかずのしん》の顔に入れ替わった。その口元が「お願いでござる、お願いでござる……」と言っているかのように窺える。

その苦悶《くもん》の表情も長くは続かず、次に現われたのは何処かの大滝を背にして座禅を組んでいる作造の姿であった。

しかもその周囲《まわり》を黒覆面黒装束の侍が六名、抜刀して取り囲んでいる。

にもかかわらず座禅を組む作造は泰然自若《たいぜんじじゃく》。微動だにしない。

「心配は要《い》らぬ作造、いま行く」

宗次はそう叫び走り出そうとして、眠気心地よい世界から一気に引き戻された。

ごく短い間、という感じ・余韻《よいん》が体に残っているにもかかわらず、大行灯の明りは消えて漆黒の闇の中にいる自分に気付かされた宗次である。

この客間の何処に大行灯の補充の油や火付けの道具があるか、よく心得ている宗次であった。

明りを取り戻して、宗次は暫くの間、薄布団の上に腕組をし身じろぎもせず正座を続けた。

嫌《いや》な夢見だった、と宗次は思った。美雪の美しい笑顔には安堵《あんど》させられるものがあったが、血まみれの和之進の顔と抜刀した侍に取り囲まれた作造の座禅の姿には、不吉を覚えた。

明りを取り戻した大行灯が、またジジジ……と物悲しい小さな音を立てる。

どれほど経ったであろうか「気になる……」と呟いた宗次は腕組を解き、ゆっくりと立ち上がった。

何処から隙間風が入ってくるという訳でもないのに、このとき大行灯の明りが風に煽《あお》られた松明《たいまつ》のようにゆらゆらと大きく揺れた。

立ち上がった宗次は、そのまま動かなかった。どうやら耳を研ぎ澄ませている表情であった。

やがて「気のし過ぎか……」と漏らした宗次は、音を立てぬよう静かに障子を引いて幅広く造られた廊下に出た。客間の前の廊下は大行灯の漏れ明りで薄明るいとはいえ、鰻《うなぎ》の寝床のように長い廊下の殆《ほとん》どは真っ暗であった。

この廊下の外側、つまり閉じられている雨戸の外側(庭側)が広縁である。

宗次は廊下に立ったまま再び耳を澄ましたが、不審な音・気配は捉えられなかった。

考えるまでもなく、三味線堀川に面して建つ「対馬屋」は外から賊が侵入するには極めて難しい造り構えとなっている。なにしろ間口は狭く奥行は反対側の通りにまで達するほど長い。しかも敷地のほぼ半分は総二階造りの家屋で占められている。したがってその総二階造りの家の外壁がつまり幾丈《いくじょう》もの高さがある外塀の役目を負って路地との間を遮断していた。

敷地の残り半分のうち三分の二ほどは庭であったが、この庭は頑丈な鋭い忍び返し付きの高い塀で守られている。

刀剣類を扱う老舗《しにせ》であるだけに、店の表口は頑丈この上もない造り構えとなっており、たとえ店土間《たなどま》に一歩踏み入ることが出来たとしても、上《あ》がり框《かまち》に足をのせることはまず不可能な防備造りだった。

そのことを承知し尽くしている宗次であったが、かなりの間、雨戸の向こう庭先へ研ぎ澄ませた神経を注ぐことを止《や》めなかった。

「取り越し苦労であってほしいが……」

ぽつりと呟いた宗次は、ようやく足音を殺して静かに作造の寝間の前へと移った。

障子の向こうから、作造の寝息は伝わってこない。

仕舞いまで機嫌よく酒を嗜《たしな》んでいた作造であったから、この上もなく安楽浄土な気持で眠《やす》んでいるのであろう、と宗次は思った。

気になるのは、抜刀した六名の侍に取り囲まれていた作造の背景――大滝――であった。沈思黙考に耽《ふけ》る中で滝を背とした場合、その滝は彼の世《あよ》への階段となりかねない、という説法を相当な昔、どこぞの寺院の住職から聞かされたことがある宗次である。

そのような説法を鵜《う》呑《の》みにする筈もない宗次であったが、しかし今宵は我が身を叱《しか》りつけたくなるほど気になって仕方がなかった。

宗次はそっと障子に手をかけた。気になるからと言って、親でも兄弟姉妹でもない人の寝部屋《ねべや》を承諾《ゆるし》もなく開けることは、たとえ相当に親しい他人が相手であったとしても無礼千万である。

そういう事は亡き梁伊対馬守から宗次は厳しく躾《しつけ》られている。

いま宗次に出来ることは、修練に修練を積み上げて昇華させてきた鋭敏《えいびん》な五感の働きによって、障子の向こうを読み切ることであった。

しかし、いつになく揺らいでいる感情・精神が著《いちじる》しくそれを邪魔していた。

「作造……」

宗次は障子に顔を近付けて、小声をかけてみた。

予想してはいたが返事はなかった。熟睡に陥っていた場合、耳の間近《まぢか》で囁かれたとしても目覚め難いのが当たり前な人間である。

宗次は障子を前にして正座をした。それは名匠と言われてきた刀工柿坂作造に対する、宗次の敬いの気持の表れに他ならなかった。

「開けるぞ作造。妙に気になるのでな」

やはり囁くようにして障子の向こうへ告げ、宗次は静かにゆっくりと目の前を開いていった。

視力《め》のよい宗次である。そばに近付かぬとも、胸の上まで布団をかけて作造が仰向《あおむ》けに眠《やす》んでいることは、はっきりと見えていた。

「作造……お前」

不意に宗次が言葉を乱した。いや、乱したというよりは、取り乱したと言ってもよい程の狼狽《ろうばい》が宗次を襲《おそ》っていた。

宗次は作造の寝床近くにあった大行灯に明りを点した。

「ううっ……なんてことだ」

作造の寝顔、いや、眠《ねむ》ったように穏やかな顔を見て、宗次は口元を歪《ゆが》めて呻《うめ》いた。

作造は息をしていなかった。微かに笑みを浮かべているように見えなくもないその死顔は、自分の果たそうとしていた懸案――名刀「宗次対馬守作造」の宗次への手渡し――を無事に済ませ、満足しているかのようだった。

「今宵《こよい》、自分の命が尽きるのを、判っていたのか作造……」

宗次の目から大粒の涙がこぼれた。父梁伊対馬守が逝ったあと、「若様、若様」と目をかけ気を配り続けてくれた作造であった。若様呼ばわりは止《や》めてくれ、と宗次が幾度頼んでも頑として聞き入れず「若様」を押し通してきた作造である。

父梁伊対馬守が刀工としての自信を取り戻し始めた作造に対し、宗次の「徳《とく》川宗徳《がわむねのり》たる背景」に関してはじめて打ち明けたとき、作造がぽろぽろと大粒の涙をこぼして啜《すす》り泣いてくれたことを宗次は今でもはっきりと覚えている。若様がそれほどの運命《さだめ》を背負うておられたとは、と。

そのとき宗次は子供心にも思ったものであった。ああ、この人は絶対に信頼できる、と。

父に代わる人、とも思って何呉《なにくれ》となく甘えてきた作造であった。

その作造が遂に生涯を終えてしまったのである。見事以上に見事な拵《こしら》えとしか言い様のない一振りの「宗次対馬守作造」を残して。

「これからも天上から父と共に私を見守ってくれい爺」

宗次はそう言って合掌《がっしょう》した。長い合掌であった。色色なことが瞼《まぶた》の裏に思い浮かんでは消え、消えては思い浮かんだ。

父との間にあったのは厳しい上にも厳しい剣や弓道、乗馬などの修練の毎日だった。そして、武士としての学問、教養、作法礼儀の学習についても徹底して厳格な父であった。

その一方で、頻繁《ひんぱん》に父の許を訪れ、時には幾日も庵《いおり》に泊まり込むことがあった作造との思い出は、川釣りや薬草の採取、弁当持参で原野を駆ける自由乗馬、山栗穫《と》り、山菜摘《つ》みなど子供心にも楽しいことが多かった。

合掌を終えた宗次は涙を拭って自分の寝所に戻り、床の間の「宗次対馬守作造」を手にすると再び作造の枕元に正座をした。

「感謝するぞ爺。我が身を守る生涯の刀とさせて貰うからな」

宗次は物言わぬ名匠に対して深く頭を下げると、背筋を正しく伸ばし、対馬守の鞘尻を上としてゆるゆると鞘を滑らせた。

大行灯の明りを吸って、名刀五郎入道正宗と見紛う刃が鋭い輝きを放つ。

「これ程の刃、これほどの切っ先三寸を眺めるのは、はじめてぞ」

呟きながら宗次は、震えがくる程だ、と思った。

作造が息絶えてしまったことで、その手で茎に銘を刻んで貰うことは出来なくなった。

しかし、「いずれこの『対馬屋』は稀代の研ぎ師と評判高い大番頭《ばんとう》の進吉に継がせる」と言い切っていた作造であったから、宗次はその点は気にしていなかった。二代目作造こと進吉が銘を刻んでくれればいいのである。

夜は深深と更けて物音ひとつ無く、その静寂の中で宗次は刻《とき》の経《た》つのを忘れて対馬守の隅隅に目を奪われた。

やがて刀を鞘に納めた宗次は、それを作造の亡骸《なきがら》に添い寝をさせるかのように横たえた。

「なあ爺。墓は父の墓と並べて目黒《めぐろ》村の養安院《ようあんいん》に拵えさせて貰うぞ。三年前に亡くなった布由（作造の妻）の墓がまだ造られておらぬから、夫婦二人で父の話し相手になってやっておくれ」

宗次はそう言うと、また大粒の涙を両の目からこぼした。

宗次と作造。二人だけの静か過ぎる別れの夜であった。

二階の大広間で久し振りにとことん呑んで賑《さわ》いだ職人たちは、夜小便《やしょうべん》に起きるのも忘れて熟睡に落ち込んでいるのか、コトリとした音も伝わってこない。夜が明けたなら大騒ぎとなる筈の刀商百貨「対馬屋」であった。

「今宵は春冷えだな爺」

宗次は、微笑みを深めたかに見えなくもない亡骸《なきがら》の胸元の上まで、掛け布団を少し引き上げてやった。

「そうだ、布由の位牌を仏間から此処へ持ってこようかな。夫婦であれこれと語り合うがよい」

宗次はゆっくりと腰を上げた。

だが、そのあと宗次の体はぴたりと動きを止め、そして表情までも止まっていた。

何かを感じたのか？

視線は障子の向こう、いや、更にその向こう見える筈もない雨戸の外へじっと注がれている。

そして全ての感官《かんかん》に全神経を集中させ始めた証なのであろうか、切れ長な目が次第次第に細くなっていった。まるで見えぬ全てを見透かそうとでもするかのように。

それが宗次の、いや揚真流《ようしんりゅう》の「無想の気構え」の始まりだった。

何かを予感したのか、それとも気付いたのか、大行灯がジジジ……と鳴って明りが一度だけゆらりと大揺れした。

目を殆ど閉じたかのような宗次の腰がまた沈んで、亡骸に添い寝していた名刀対馬守に左手が伸びる。

「やはり……此処まで来やがったか」

囁いて対馬守を摑んだ宗次が目を見開き、すっくと立ち上がって帯に刀を通した。

黒蠟色塗の鞘がヒョッと低く鋭く鳴き、大行灯の明りを吸って闇色にキラリと輝く。

「爺の渾身の作、その凄みをまさか今宵見せて貰うことになろうとはな……」

宗次は障子に近付いて音立てぬよう左右に開き、廊下に出るとまた障子を閉じた。

「気を付けなされや」とでも作造が言っているのであろうか、障子の向こうで大行灯の明りが二度、三度と大きく揺れる。

「すまぬな爺。この宗次は真《まこと》に疫病神《やくびようがみ》よ。次から次へと誰彼の許へ騒ぎを連れ込んでしまうわ。これも徳川宗徳として持って生まれた運命なのかのう……」

宗次は「すまぬ……」と障子の向こうへ頭《こうべ》を下げると、さらりと翻《ひるがえ》るや左腰帯に通した名刀対馬守に左手を当て、鞘ごと僅かに引き上げて左足を退《さ》げた。

上体が自然と右肩を下げつつ沈んでゆく。右膝は軽く、くの字。左手親指の腹が桜花を彫り込んだ鋼色《はがねいろ》の鍔に触れ、小さな力みを加えて鯉《こい》口《ぐち》を切った。

サリッという微かなやさしい摩擦《まさつ》の音。音無き音ともいうべきそれは、鯉口を切った者が親指の腹のみで感じる音であった。

宗次の右手五本の指が開いてやや胸前へと移り、呼吸《いき》が止まる。揚真流居合抜刀への備えであった。そして再び目を閉じ、感官の全ての神経を前方へと放つ。

(三人……五人……八人……そして……雨戸の前の扇《おうぎ》の陣ときなすったかえ)

日頃の宗次らしい口調の呟きを胸の内で漏らしつつ、五本指を開いた右手が柄へと近付いてゆく。

いま呼吸《いき》を止めた宗次の、現実から遊離し昇華したかのような感官は、完全に過ぎると称してよいほどに雨戸の向こうの気配を精緻《せいち》に捉えていた。その気配の扇状《おうぎじょう》に展開した形状までもである。

事実、扇状に広がった気配は八名で、そのうち二名は「要《かなめ》」の位置(扇を開いた時の手前先端）にあって、なんとそれは宗次の読み通り雨戸の直ぐ向こうだった。

居合構えの宗次は呼吸《いき》を止めたまま微動だにせず、扇状の相手も動きを止めたことを宗次は摑んでいた。「静」対「静」の一触即発。

扇《おうぎ》のことを扇子《せんす》などと称するのは、我が国の武家の世界では教養無き者とされていた。扇《おうぎ》は九世紀ごろ（平安期）に日本で開発創作された我が国独自のものであって、十世紀に入って中国（北宋《ほくそう》）へ扇子《せんす》として輸出されている。つまり扇子《せんす》は、「扇《おうぎ》」に対する中国での呼び方（品名）なのである。まかり間違っても「扇《おうぎ》」を、扇子《せんす》などと称してはならぬのが、大和侍《やまとざむらい》の教養というものであった。

その扇が、雨戸の直ぐ向こうにある扇の陣が、一糸乱れぬままジリッと一歩を踏み出したらしいのを、宗次の感官はようやく捉えた。

鍛えに鍛え抜かれた宗次の感官である。捉え誤りなどあろう筈がなかった。宗次の足先も呼吸《いき》を止めたまま、僅かにだが雨戸に迫って、その右手が対馬守の柄の手前、触れるか触れないかまで寄って止まる。

いつまで止めているのか、大丈夫か、と思われた宗次の呼吸《いき》が、ここで音を殺し静かに吐き出された。

宗次の背後で、障子を透して大行灯の明りがまた、大揺れに揺れる。逆光の中、薄闇色の宗次の面《おもて》が、一瞬だがギラリと双つの目に稲妻を走らせた。

と、雨戸がゴトリと低い音を立て、しかも一本の切っ先が雨戸の下端と敷居の間を貫くようにして廊下に侵入してきた。

次の瞬間であった。雨戸一枚が音無く引っ張られるように庭先方向へふわりと浮き上がるや、その浮き上がった雨戸の下から黒い影が閃光《せんこう》の如く飛び込んできた。差し込む月明り。そして同時に――。

下から上に向かって跳ねるように走った刃の鋭い音。

その音に対し名刀対馬守が真《ま》っ向《こう》から掬《すく》い上げた。

掬い上げた者同士の激突。

ガシッと鈍《にぶ》い音を放って侵入者の刃が中程から断ち割られて舞い上がり、廊下の天井に突き刺さる。

それよりも先に、黒い影が悲鳴ひとつあげることなく広縁にもんどり打って横転した。

扇の陣が、ザザッと庭土《にわつち》を鳴らして大きく退がった。

対馬守を右手に下げた宗次が、月明りを浴びて広縁にすらりと現われる。

その全身から噴き漂う神気《しんき》に圧倒されてか、扇の陣が一糸《いっし》乱れず再び小幅に退がった。全身黒ずくめである。しかも誰ひとり抜刀していない。

広縁に横倒しとなっている刺客は、もはや動かぬ骸《むくろ》であった。左胸から肩にかけてを対馬守によって深深と抉《えぐ》り割られている。

凄まじいばかりの対馬守の斬れ味という他ない。

宗次は七名の刺客を目前に置いて刃を月明りに翳《かざ》した。刺客の刀を一刀のもと真っ二つに断ち切ったにもかかわらず、対馬守には刃毀れ一つ生じていない。

刃の血のりを着流しの袖でゆるゆると拭った宗次は、相手への礼儀か刀を鞘に戻して御影石を積み組んだ三段の石段を下りた。素足のままである。

誰ひとり抜刀していない扇の陣が殺しの意思を固め出したかのように、宗次との間を詰め出した。

皓皓《こうこう》たる月明りである。真竹の竹林と繁茂《はんも》するムラサキシキブに囲まれた泉水を背景として、それはさながら歌舞伎《かぶき》の華舞台《はなぶたい》の如《ごと》しであった。

「きなせえっ」

宗次が声低く放ち、またしても揚真流居合抜刀の構えをとった。

更にジリジリと扇の囲みが狭《せば》まってゆく。まだ誰ひとり抜刀しない。

扇の陣の要の位置にいた黒装束が、つつつ……と宗次に迫った。

迫って深く腰を下げ、低い位置から宗次を仰ぎ見るようにして、右手を腰の刀へと運んだ。

揚真流居合抜刀に対し、刺客もまた居合構えである。しかも皓皓たる月明りの下《もと》、黒覆面から覗く双つの切れ長な目は、まだかなり若い。

それに黒覆面で隠された鼻すじのふくらみの形よさが、端整な容姿を想像させた。

だが宗次は、(こいつあ出来る……)と、胸の内で驚愕《きょうがく》し、思わず生唾《なまつば》をのみ込んだ。想像させる端整な容姿には全く結び付きそうにない相当以上といっていいほどの力量、と読めたのだ。

（まだ二十ぐらいの目かえ……斬り捨てるには余りの若さ……惜しい）

宗次が相手に僅かな憐愍《れんびん》の情を覚えた次の刹那《せつな》、相手は抜刀した。斬る、という意志を沸騰《ふっとう》させたと誰の目にも判る炎《ひ》のような踏み込み、雷光の如き凄まじい抜刀だった。

足を使って避ける余裕もない宗次が、上体を思い切りのけ反らせ、辛うじて相手の切っ先を顎すれすれに空《くう》を切らせる。

だがこの時にはもう若い刺客は摑みかからんばかりの激しさで肉迫するや、空を切った刃を宗次の左脇腹を狙い反転させていた。

ヒヨッとうなる鋭い音。

宗次が自ら上体を右方向へ逃げるように横転させざま抜刀。明らかに刺客よりは二呼吸近く遅い抜刀だった。

にもかかわらず信じられないような光景が待ち構えていた。

扇状の刺客たちの誰の目にも、若き同志の二撃目が宗次の左脇腹を深深と抉《えぐ》ったかに見えていた。

しかし叩きつけられるようにして月下の地面に沈み二度も大きく弾んだの

は、圧倒的に有利であるかに見えていた筈の同志の肉体だった。

宗次はと見れば、遅れて抜刀した対馬守をすでに鞘に戻し、次の居合抜刀に備え、すらりと立っているではないか。

この時になってその宗次の眼前に、若い刺客の大腿部が月下の空から落下し、ドスンッと鈍い音を立てた。月明りの中に舞い散る赤黒い無数の小さな血花。

衝撃を受けた扇の陣が、蓮《はす》の花が開いたかのように大きく後退。呼吸《いき》を合わせる修練を積み重ねた実に綺麗な後退であった。それだけ見ても並の集団ではない。

「次……きなせい」

落ち着き払った宗次の低い声がした。

だが刺客たちは、短い間に生じて終った二つの対決の結果に気迫という気迫を奪われでもしたのか、全く動かない。

揚真流居合抜刀の凄絶《せいぜつ》極まる業《わざ》を、目の前で見せつけられた刺客たちである。絶対に有利、と見られた仲間が直後に無残な敗北を見せたのだ。

宗次の居合抜刀、いや、揚真流居合抜刀の精緻にして非情な業《わざ》の凄まじさがそこにあった。抜刀が速いか遅いかは、揚真流居合抜刀の核心ではなかった。つまりその相手の太刀筋《たちすじ》、切っ先の流れの一部始終を見逃さぬ確かな眼力。

「眼力業《がんりきわざ》」こそが揚真流居合抜刀術で最も重視されていた。

そして見極めた敵の太刀筋の小さな隙間《すきま》へ、矢のように打ち込んで抉り跳ねるのが揚真流居合抜刀術である。

しかも今宵、宗次が手にする黒蠟色塗鞘の対馬守は、名刀匠柿坂作造（対馬屋作造）がそれこそ命を賭けて仕上げた渾身の作であった。

それも「若様」と敬い可愛がってきた宗次へ贈ると決めて二年の歳月をかけ鍛えに鍛え上げた自信の業物だ。

「どうしやした……」

宗次がぐいっと一歩を踏み出し、扇の陣がとうとう扇の陣を崩して広がった。南北に細く長い庭だが東西の幅がさほどに無いため、後退し過ぎた扇の陣を維持し切れなかったのであろう。

「物音ひとつ立てることなく侵入し、カタリとも言わさず雨戸を開け飛ばした鮮やかな手並……ありゃあ、駿府城御庭忍び与力《すんぷじょうおにわしのよりき》『葵《あおい》』の手並と見やしたが……違いやすかい」

ゆっくりとした調子で言い放った宗次であった。

聞いて月下の六名の間に伏せようのない明らかな狼狽が走った。思わず顔を見合わせた者さえいる。

「矢張りそうでしたかえ。極め尽くした抜刀術、一糸乱れなかった無言の扇の陣、音無き雨戸飛ばしの手並の鮮やかさ……ついに現われやがったかと思いやした」

そう付け加えつつ宗次は抜刀の構えを解いて一歩を退がった。

すると、六名の中で最も背丈のある右手端にいた刺客が、宗次の方へ三歩進み出て間合いを詰めた。だが殺気はない。

「その方、一体何者か。なぜ『葵』の名を知っておる」

低く嗄《しわが》れた声であった。宗次にはつくり声であると直ぐに判った。

「私《あっし》はただの町人でござんすよ。ただのね。『葵』の名くれえは今や江戸の町衆の間で、噂としてひとり歩きしていまさあな」

「その、ただの町人ごときが大番頭六千石旗本大家である西条家の息女と親しいのは何故《なにゆえ》か」

「ほほう。これはまた意外なことを口になさいやしたね。西条家の名がここで出るとは驚きだい。だがそのような事をいちいち『葵』の与力旦那に打ち明けなきゃあならねえ義理なんぞ、町人の私《あっし》にゃあ無《ね》えやな」

「言わねば訊《き》くまでぞ。お前のその体にな」

「まだやる……と言いなさいやすか」

「町人ごときが、駿府の御城の隠密《おんみつ》組織である『葵』を知っておるのは余りにも不自然に過ぎる。それだけでも、お前は生かしてはおけぬ」

「そうですかえ。どうしてもまだ、やりなさいやすか」

「我らが死を全く恐れないことは町人と雖《いえど》も、『葵』の名を口に出す程の者ならば承知しておろう」

「へい。承知しておりやす。選び抜かれた忍び侍の集団でありやすことも、すべての者が二百石どりの与力の地位を与えられておりやすことも、そしてその地位が世襲と抜擢《ばってき》で与えられやすことも」

「こ、こ奴……」

相手――刺客――は呻いて思わず半歩を退げ、知り過ぎている宗次に他の五名の刺客の間にも再び狼狽が走った。

江戸幕府における与力とは寄騎とも書いて、したがって騎士の称であること から、正しくはその数を数えるのに何人とは言わず何騎といった。一般には御《お》目見《めみえ》以下の御家人を指すがその形態は実に多様であって、別格という点では「葵」と名付けられた駿府城の御庭忍び与力が最右翼にある。しかし、その騎数は神君家康《いえやす》公存命の当時から公にはされておらず、組織の統率者が「筆頭与力」と判っている程度だった。

が、ただの「筆頭与力」ではない。「筆頭」の称が付くと肩衣《かたぎぬ》や準公用に使う羽織の背中の家紋が付く位置の上、後ろ襟《えり》の直ぐ下に葵の紋を許されるのだった。この場合、むろん家紋は葵紋より二回りは小さくせねばならない。

俸禄は本俸の二百石に役付手当二百石が付いて四百石となる。

天下御免の葵の紋が衣装に付くのであり、その威力は絶大なもので、家康公亡きあとの現在でさえ幕府老中や若年寄と雖《いえど》も直接には叱れない「筆頭与力」

であった。

こともあろうに、その恐るべき忍び集団「葵」と対決し、二人を斬り倒してしまった宗次である。

「ひとつ、お訊ね致しやす」

宗次が穏やかな口調で切り出すと、目の前の刺客は腰の刀へ左手を持っていった。覆面から覗く二つの目が月明りを吸って殺気を放ち出している。

「一体何故《いってえ》、この私《あっし》を駿府城の『葵』が狙わなきゃあならねえんでい。その訳をお聞かせくんない」

「最早、お前と話を交わす必要は無《の》うなった」

「どうしても私《あっし》を消してえんで？」

「目ざわりじゃ。覚悟せい」

「そうですかえ。ならば、きなせえ」

刺客が先に抜刀した。居合ではなかった。穏やかな落ち着き払ったかに見える抜刀だ。

「抜けい、町人」

刀を右手にだらりと下げたままの姿勢で、刺客が促した。

宗次が「対馬守」の柄に右手を近付けると、刺客はようやくのこと切っ先を僅かに下げた正眼構えをとった。修練を極めたかに見える美しい正眼構えだった。

宗次も抜刀して正眼に構えた。ただ、その視線は相手の切っ先ではなく、足元に注がれている。

相手は当たり前の武芸者の足構えではなかった。左右の足共に殆ど爪先《つまさき》で立っている。しかも一指ずつ全てを指足袋《ゆびたび》で履《は》き隠した十本の指は、くの字に曲がって土を噛《か》んでいた。

それが月明りの下《もと》、はっきりと認められて、宗次は(こ奴も並の忍び侍じゃねえ……凄まじい力量)と背筋を凍らせた。

「名前を聞いておきたい」

刺客が切っ先を更に下げて嗄れた低いつくり声を出した。

「宗次……浮世絵描きを生業《なりわい》としておりやす。住居は鎌倉河岸《かまくらがし》の八軒長屋《はちけんながや》。用がありゃあ、いつでも御出《おいで》なさいやし。但し、ヤットウは抜きに願いやす」

と、宗次も低い声で返した。

「鎌倉河岸八軒長屋の宗次……では、浮世絵師宗次とは、その方のことか」

「なんでえ。そうと知らずに私《あっし》の命を奪う積もりでござんしたかい」

「もう一度確かめたい。今や天下一と評されておる人気浮世絵師の宗次とは、その方のことか」

「天下一か人気者かは知りやせんが、へい、この広い江戸で浮世絵師の宗次といやあ、今のところ私《あっし》ひとりしかおりやせん」

「真《まこと》の素姓を知りたい。隠された素姓をな。名乗ってくれ」

「私《あっし》も知りとうござんす。『葵』のどちら様で？」

「………」

「ご自分も名乗りなせえ。『葵』のどちら様で？」

「………」

「言ってしまいなせえ。どうせ私《あっし》はお前様《めえさま》に殺《や》られるんだ。地獄旅への土産《みやげ》に聞いておきてえやな」

「いいだろう。武士の作法として名乗ってやろう。俺は『葵』の討手組《うちてぐみ》の頭《かしら》で次席与力二百五十石の武田《たけだ》一心斎《いっしんさい》」

「次席与力……これはまたお偉い御方で」

「組の頭は皆、次席与力だ。べつだん偉くも立派でもない」

「なるほど。で、討手組の他にどのような組がございやすので？　地獄旅への土産《みやげ》に、もうちょいと御聞かせ下さいやし」

「そのようなことを地獄旅への土産とする必要などない。ただ、十八名の次席与力に統率された十八の組が存在する、とだけは教えておいてやろう」

「ほう……十八もの組がございやすので……すると『葵』の総数は少なくとも百五十名前後。いや、予備役《よびえき》ってえのを加えると二百名はいるのでござんすかねい……とすりゃあ、なるほど『葵』ってえのは凄え大組織だ」

宗次がそう言ったとき、相手は踏み込む気配を針の先ほども見せず、いきなり地を蹴った。

月光を吸って一条の青白い光と化した刃を宗次は間一髪、喉首《のどくび》の直前で弾《はじ》き返した。

ガキーンと鋼と鋼の打ち合う音が月下の夜陰《やいん》に響きわたって、赤い火花が飛び散る。

　刃を弾き返された「葵」討手組頭の次席与力武田一心斎が、なんと半呼吸も置かずに電光石火《でんこうせっか》の蹴りを放った。

　忍び侍の全身これすべて武器、と読んでいた宗次であったが、それを左上腕部にまともに浴びて横転。

　倒れた宗次の腹を狙って、胸を狙って、首を狙って矢のように刃を打ち下ろす武田一心斎であった。

　だが宗次はそれらの一撃一撃をそれこそ鯰《なまず》のように体をくねらせつつ鮮やかに防ぎ、腹筋を用いて、まるで宙に浮き上がるかのようにして立ち上がった。

　武田一心斎が一瞬あきれたように茫然《ぼうぜん》となる。

　けれども宗次が苦痛で顔を歪め、加えて右片手だけで刀を持っていると知って攻めを爆発させた。

　宗次の左腕は、だらりと垂れ下がったままだ。一心斎の蹴りが相当こたえているのであろうか。

宗次の体勢《たいせい》を崩《くず》さんとして一心斎の切っ先が、大腿部を右から打った、左から打った、捻《ひね》るように下から斬り上げた。それこそ目にもとまらぬ忍び侍の連続業である。

宗次が右片手で持つ対馬守で防ぐ、また防ぐ。

ガチン、キンッと激突する鋼対鋼。

夜陰を揺さぶるほどの大音であり、蛍《ほたる》かと見紛う火花であった。

「お、おのれ……」

あと僅かなところで切っ先が届かぬ、と一心斎の体に火膨《ひぶくれ》のような憤怒《ふんぬ》が煮えたぎり、五体が激しく震えた。

頭《かしら》のその怒りの激情を知って、戦慄《せんりつ》した五名の配下が金縛りにあったように動かない。

一心斎が滑るようにして四、五歩を退がり、大刀を構え直した。柄を握る両手（腕）を頭上・大上段とし、だが刀身は左肩後ろへ軽く僅かに下げている。

豪壮な構えだ。

（圓《まるい》……似ているが違うな）

宗次は胸の内で呟き右片手正眼で構えた。立身流《たつみりゅう》兵法《へいほう》の抜刀基本業といわれる「圓の形《まるい》」に酷似《こくじ》していたが、すぐさま宗次は否定した。足利《あしかが》時代末期の立身三京《さんきょう》という武将を鼻祖《びそ》（開祖の意）とする立身流兵法とはまだ一度として対決した事のない宗次であったが、知識としては相当な部分を学び知っている。

刀、槍、棒、柔など多彩な立身流兵法の刀業《かたなわざ》である「圓《まるい》」ならば、抜刀は居合抜刀でありそこから瞬時に、「圓《まるい》」へともっていく筈であった。つまり「圓《まるい》」は居合業《わざ》なのだ。

一挙動で瞬時に肩の上まで上げた刀身の、刀のそれ自体の重量と振り回し力（遠心力）を使って大車輪を描くように真っ向《こう》から斬り落とす大業「強打《こわうち》」こそが、「圓《まるい》」の神髄だった。

香取神道流《かとりしんとうりゅう》の「巻打ち」あるいは柳生新陰流《やぎゅうしんかげりゅう》の「輪の太刀」などに似通っている部分がある。

それら二つ三つの流儀から考案された「葵」忍び独得の業なのであろうか、と想像しつつ右片手正眼の宗次はジリッと間《ま》を詰め出した。

相手は動かない。他の五名も微動だにしない。月明りまでが止まっているかの感があった。

「人気浮世絵師を装った幕府の狗《いぬ》めが……死ね」

（え？……）と宗次の心状《しんじょう》が衝撃を受けて激しく揺らいだ次の瞬間、踏み込んできた刺客の刀がザアッと異様な音を発して打ち下ろされた。豪音《ごうおん》だ。

宗次は、その凶刀が月明りをまぎれもなく真っ二つに斬り割ったのを見届けたとき、己れの肉体が右片手で受けた対馬守と共に押し潰されそうになるのを感じた。

（な、なんたる……剛力）

全身を鍛え抜いている筈の宗次がそう思ったとき、刺客に何が生じたのかヒラリと飛び退がった。

剛力に任せて押し込んでおれば、右片手で応戦する宗次の片腕ぐらいには傷を付けられていたかも知れぬ状況だった。

その好機を自《みずか》ら手放すかのように飛び退がった相手である。

宗次は改めて右片手正眼に構え直した。落ち着いていた。今の力任せな「強打」を凄まじいと思いはしたが、相手の足捌《あしさば》き、切っ先の閃光のような流れは月明りの中よく見切っていた宗次である。

心状を激しく揺さぶられたのは、刺客が吐いた「……幕府の狗《いぬ》め……」であった。「葵」忍びは、どこから眺めても幕府側の、それも幕府中枢《ちゆうすう》と無関係ではない筈の機関である。

その機関に属する討手組頭で次席与力といえば要職だ。

その要職の地位にあるものが宗次に向かって「……幕府の狗め……」と吐くとは一体どういうことなのであろうか。

宗次に単に油断を生じさせるために吐いたに過ぎない戯言《たわごと》なのか。

それに、有利に働いていた今の一撃を自分から手放したのはどうしたことか。

だが、後者については宗次ほどの練達の士である。その原因を決して見逃してはいなかった。

静かに右片手正眼に構える宗次に対して、相手も構え直した。

今度は相手も正眼。ビシッと決まった美しい構えである。

月明りはますます皓皓と降り注いで真昼かと思われるほどだった。

と、覆面から覗いている刺客の眉間《みけん》からひと筋の血が垂れ始めた。しかも刺客が身構えている刀の物打《ものうち》の中ほどがかなり深く欠け飛んでいる。刀にとって物打は命ともいうべき重要な部分である。

これまで宗次に倒されてきた幾多の敵は殆ど、この物打で殺《や》られていた。

つまり刀の中で最も切れる部分、といっても誤りではなかった。

「くそっ」

呻いて刺客は苛立《いらだ》ったように眉間の血を、左拳で素早く拭って、柄に左手を戻した。どうやら自分の刀の欠けた刃が己れの眉間を狙って飛んだようであった。作造の渾身の作である対馬守との激突に、刺客の刀の物打は先ず硬度で敗北したという事なのだろう。いや、硬度だけではなく、三ツ角《みつかど》、三ツ頭《がしら》、小鎬筋《こしのぎすじ》、横手筋、ふくら、など物打に含まれる各要所の総合的な鍛え方がどうか、に全てかかわってくるのであろう。

そこに今は亡き名匠柿坂作造の凄さがあったとも言える。その証拠に宗次が静かに身構える対馬守の刃は傷《いた》み一つ見せず、さながら生物《いきもの》の如く月明りを吸って煌煌《こうこう》たる輝きを放っていた。

「どうしやした。きなせえ」

宗次は右片手正眼構えの対馬守の切っ先を少し上げてみせた。着流しの袖で隠されて刺客たちには見えていない宗次の右片腕であったが、「忍び耳」に神経を集中させ注意して聞こうとする気構えがあれば、微かに、それこそ微かに青竹をゆっくりと裂くような音が袖口から聞きとれた筈である。

それこそ宗次の右腕が次の激突に備え、鋼のように鍛え抜いた筋《すじ》という筋《すじ》を膨らませつつある音であった。

眉間に小さな傷を負った刺客。左腕が自在に利かぬ様子の宗次。明らかに刺客の方が有利な展開である。

「来ねえなら、こちらから行きやすぜ」

なんと不利に見える隻腕《せきわん》の宗次が告げて、右片手正眼に構えた対馬守の刃先《はさき》を上に向けて物打の峰《みね》を右肩に軽く触れる程度にのせた。そして左脚（足）を退《さ》げ右膝を〝くの字〟に曲げて腰を深く落とす。

これこそが、揚真流兵法の開祖、梁伊対馬守隆房が最も得意とした皆伝業《かいでんわざ》第六巻「夢剣《むけん》」の第一章〝風車《ふうしや》〟であった。但し、正しくは両手構えである。

それにしてもまるで芸を極めた人気役者が大歌舞伎の舞台でグイッと睨みを利かせて演じているかのような、秀麗《しゆうれい》この上もない隻腕構えだった。

対する相手の歪んだ口元から「くっ……」という小さな呻きが漏れ、ばらばらに散開した状態の五名の刺客が、その余りに美しい宗次の隻腕構えに思わず切っ先を下げた。

と、それを待ち構えていたのか、宗次の足がさながら滑るが如く五名の刺客の内の一人へと向かった。意表を衝《つ》いた変化、それも猛烈に速い。降り注ぐ月光を左右に引き裂いて一直線、矢のような速さで迫る。

迫られた相手が慌て気味に構えを直したとき、宗次の「夢剣」は微塵《みじん》もその美しい構えを崩すことなく相手にのしかかるようにして一閃していた。

「があっ」

それがはじめて刺客たちの間に生じた断末魔の叫びだった。一合も打ち合うことを許されず、刺客の利き腕が満月に向かって跳ね上げられた。このときにはもう、対馬守は宗次の右肩へ血脂で染まった物打の峰を戻していた。

「おのれっ」

宗次の〝激変〟を読み切れないでいた討手組頭、武田一心斎が身を翻《ひるがえ》して宗次に立ち向かおうとしたとき、宗次の姿は眼前に大きく迫っていた。

（なんたる速さ……）

一心斎ははじめて宗次に戦慄《せんりつ》し、全霊《ぜんれい》を賭《と》して宗次の左腕に激しく打ち込んだ。

剛力の一心斎である。それも己れの身が危うしと、全霊を賭しての一撃であった。渾身の憤怒の一撃である。

体を反転させ辛うじて右片手の対馬守で受けた宗次が、さすがに足元を僅かによろめかせる。

それを見逃すような一心斎ではない。ましてや宗次の〝激変〟を読み切れないで怒髪天《どはってん》を衝《つ》いていた一心斎である。

おのれこ奴っ、と激情泡《あわ》を立てている。

その激情に押された切り返し業が、面、面、面、面と光のような四連打を宗次の顔面に集中させた。ギンッ、ガチン、チャリンと対馬守が懸命に受けた、また受けた。

よろめく宗次の足元。のけぞる背中。

「せいやあっ」

何処の誰に聞かれようとも構わぬ、と胆《はら》を決めたのか一心斎が怒りの気合いを腹の内から放って、面打ちから小手を連続させた。しかも矢のような左右交互の小手打ちである。月明りが乱れて目がくらむ程の速さ。

萎《な》えて利かぬ左腕を守ろうとする無理が、宗次の足元を一層乱し、防禦《ぼうぎょ》が崩れ出した。それに反し、一心斎の刃が更に速さを増していく。

この機会を逃してはならじとばかり、一心斎の配下四名の刺客が宗次の背後に回り込んだ。

「せいっ」

一心斎が小手打ちから宗次の股座《またぐら》に突きを入れ刃を一回転させ跳ね上げる。

宗次が後方へ跳躍《ちょうやく》して一心斎の刃が大きく空《くう》を切り、その直後、宗次の背後に回り込んでいた四人の内の一人が殴り倒され悲鳴もあげずに沈んだ。

いや、殴り倒されたと誰の目にも見えたに過ぎなかった。月下に沈んだその刺客の右肩から先が、ぐるぐると回転して刺客たちの眼前にドスンと落下。手にしていた刀が衝撃で手から離れ、一心斎目がけて鉄砲弾《だま》のように飛んだ。

一心斎がそれを切っ先三寸で発止《はっし》と叩き落とす。

だがこのとき、立身流兵法「圓《まるい》」の強打《こわうち》に酷似した宗次の構えが、一心斎の間近に迫っていた。

「打たせてたまるか」とばかり深深と踏み込んだ一心斎が閃光のような凄まじい一条の突きを繰り出した。更に突いた。なおも突いた。

宗次が踏み止《とど》まり、危うくはじめて鍔《つば》で防ぐ。ギンギンギンと立て続けに唸る鍔鳴り。

「くそっ」

焦る一心斎が半歩退がり「圓《まるい》」に酷似の大上段の構え。

宗次も「圓《まるい》」。

双方が二歩を出し様《ざま》ふり下ろした二本の刃がボウッと空気を震わせ、十文字に激突交差した。

一心斎の刀身が金属的な悲鳴を発し、宗次の眦《まなじり》が吊り上がって「ぬん」と対馬守を斬り下ろす。

異様な音を発して一心斎の刀が上身《かみ》（刀身）中程で真っ二つとなり、対馬守の三ツ角《みつかど》（後ろ切っ先）が一心斎の額《ひたい》に当たるや、そのまま瓜《うり》でも割るように首下まで切り下ろした。

「あ、あ、あ……」

と声にならぬ声を発して一心斎配下の刺客たちが大きく退がる。

一心斎は白目をむき両手を満月に向け大きく上げると、仰向《あおむ》けにドッと倒れ海老《えび》が跳ねるように短く痙攣《けいれん》したあと、静かになった。

宗次は対馬守をひと振りして刀身に付いた血脂を飛ばすと、月明りにそれを翳《かざ》して眺めた。

月明りの下という制約はあるにせよ、刃毀れ一つ見当たらない。

（爺……こいつは凄い業物ぞ）

宗次は胸の内で呟くと、対馬守をようやく鞘に戻した。

このとき背後で「わ、若様……」と、小声がした。

宗次が振り向くと、青白い月明りを浴びた進吉が胸前で合掌しつつ広縁に茫然と立っている。

「心配するな……終った」

と宗次は頷いてみせてから、残った三名の刺客の方へ視線を戻した。

「この通りこの家《や》の者が目を覚ましちまったい。大騒ぎはしねえから、もう大人しく立ち去んない。それとも一心斎の仇を討つかえ」

返事の代わりに三名の刺客は申し合わせたように刀を鞘に納めた。

「それでいい。それでよござんす。今後一切、私《あっし》には近付かねえようにと、お前《めえ》さん方《がた》の大頭《おおがしら》に伝えておいてくんねえ」

「……………」

「仲間の骸《むくろ》は明け方までには片付けなせえよ。そうしねえことには骸を御奉行所へ持って行きやすぜい」

宗次はそう言うと広縁に上がり、汚れた足の裏を丹念に手で払った。

「ぞ、賊ですか若様」

進吉が、骸に歩み寄る刺客の方を眺めながら宗次の耳元で囁いた。

「それよりも大変なことになっちまったい進吉」

「えっ」

「とにかく雨戸は閉めちまってくんない」

「連中を庭に残したままで心配ありませんか」

「なあに、もう襲ってくる気力なんぞあるめえ。ともかく、ちょっと作造の寝《ね》間《ま》に入ってくんない」

「は、はい」

進吉は宗次が広縁から廊下に入ると、骸を一か所に集めている刺客たちの方を薄気味悪そうに見つめつつ、庭先に落ちている雨戸を広縁に上げ、そして廊下の敷居に嵌《は》め込んだ。

それでも不安が付き纏《まと》うのであろう、一度は閉めた雨戸を細目にあけて外を覗き見している。

「心配ねえよ進吉。話があるんでい。早くこっちへ来ねえ」

宗次に低い声で促された進吉は「はい、ただいま……」と、雨戸を閉じた。

座敷に一歩入ったところで正座した進吉は、宗次が腰の刀を取り作造の枕元に神妙な様子で座っているのを、怪訝《けげん》な目で見つめた。

「あのう。若様……」

「いいから障子を閉めて、こっちへ来ねえ進吉」

ここでさすがの進吉も「ん？」という表情になった。

主人《あるじ》の作造の穏やか過ぎる寝姿が、どうも普通ではないと。

「若様、まさか……」

進吉は後ろの障子を閉じるのも忘れ、弾かれたように立ち上がるや枕元へやってきた。

「静かに聞いてくれ進吉。作造はこの刀を私《あつし》に預けて、安心したように身罷《みまか》ったい」

「な、なんと……」

「落ち着きねえ。作造は全く苦しむことのねえ大往生《だいおうじょう》だい。これに全身全霊を打ち込んだのだろうよ」

宗次はそう言いつつ「宗次対馬守作造」を進吉に手渡した。

「この大刀は若様に手渡すのだとこの二年、旦那様が眠るのも惜しんで鍛え込んでおられた刀……」

「さすが作造の拵えた刀だい。凄いという他ない斬れ味が、たったいま恐ろしい手練《てだれ》から私《あっし》を守ってくれたい」

「だ、旦那様……」

進吉は「宗次対馬守作造」を胸に抱きしめて嗚咽《おえつ》を堪《こら》えた。

「進吉の手で、刃に付いた刺客どもの血脂を研ぎ清めてやってくんねえ」

「はい。丹念に清め研ぎを……清め研ぎを致します」

進吉はそう言うと、作造の枕元に額を押しつけるようにして突っ伏してしまった。

宗次は、進吉の嗚咽が鎮《しず》まるのを待った。

雨戸の向こうから伝わってきていた人の動きの気配が、ようやく鎮まった。

宗次は念のため立ち上がって廊下に出ると、雨戸を細目に開けてみた。

刺客たちは、骸と共に消えていた。何事もなかったかのように月明りが五月雨《さみだれ》の如く降り注いでいる。

シトシトという悲し気な雨音が聞こえてくるかのようだった。

宗次は作造の寝間に戻り障子を音立てぬよう静かに閉じて、元の位置に正座をした。

ようやく進吉が対馬守を胸に抱いたまま面《おもて》を上げ、右腕を両目の上に走らせて涙を拭った。

「実に穏やかで凛《りん》とした名刀匠作造らしい死顔じゃねえかい進吉」

「はい、真《まこと》にその通りでございます。それが唯一《ゆいいつ》の……救いです」

「うむ。作造は前前から誰彼に騒がれることなくそれこそ、こっそりと天に昇りてえって言ってたよなあ。だからよ、この対馬屋の職人だけでひっそりと静かに送ってやらねえかい」

「私もそれが宜しいかと思います」

「それから作造のそばで進吉に三つの事を申し渡しておきてえ」

「三つのこと？……なんでございましょうか」

「この刀は作造と私《あつし》の二人で銘を『宗次対馬守作造』としたんだが、それを進吉の手で茎に刻み込んで貰いてえ」

「承《うけたまわ》りました。ぜひこの進吉にやらせて下さいまし。それに致しましても、実によき銘を付けられました。ご立派な銘です」

「二つ目は、この対馬守に勝るとも劣らぬ小刀を進吉の手でつくりあげ、矢張り『宗次対馬守作造』と同じ小刀の拵えとして私《あっし》に譲って貰いてえ」

「ですが若様。私が鍛え上げた小刀を『宗次対馬守作造』と銘打つのは余りにも勿体《もったい》なさ過ぎます。それに私は作造師匠ではありませぬゆえ、旦那様の御霊《みたま》に叱られまする」

「これは作造の強い意思でもあるのだが、進吉が二代目柿坂作造として、江戸最高の刀商百貨と称されているこの『対馬屋』を継いで貰いてえのだ」

「わ、私のような未熟者が二代目柿坂作造に……」

「うむ。これは爺に代わってこの宗次が心から頼んでいるんだ。継いでくれねい進吉、二代目柿坂作造をよ」

「は、はい。私のような者で本当に宜しいのであらば一生懸命にやらせて戴きます」

「爺よ。いま進吉が引き受けてくれたぜい。安心して成仏《じょうぶつ》してくれ」

宗次のその言葉で、進吉はまたもや対馬守を胸に抱いたまま突っ伏してしまった。

その進吉の背中に向かって宗次がしんみりとした口調で言った。

「密葬《みっそう》の差配はこの宗次に取らせてくれい進吉。そしてな、初七日を終える迄は、この宗次を此処に居させてくれい。いいな」

「構いませぬとも。幾日までもいらして下さい」

「それとな。表口に〝職人の保養のため向こう七日間休業〟と貼り紙でも出しておきねえ」

「判り……判りました。今宵の内にでも、はい……出しておきます」

声を詰まらせ詰まらせ言う進吉の背中が、嗚咽で大きく波打った。

二十

初七日までの七日間は密葬を除けば何事もない穏やかな毎日の「対馬屋」であった。さすがに密葬の前後は職人下働きの者皆打ち萎《しお》れたが、それでもてきぱきと差配する宗次の存在と、二代目柿坂作造が初代作造の遺言で決定したことで、悲しみと衝撃の中にも安堵が広がっていた。

密葬のはじめから終りまでは、「対馬屋」からほど近い位置にある大寺院「東光山《とうこうざん》良雲院《りょううんいん》松平《まつだいら》西福寺《さいふくじ》」が執《と》り行なってくれた。

西福寺は神君家康《いえやす》公が開基した寺院で、それゆえ清和源氏《せいわげんじ》につながる名流松平《まつだいら》家がのちに幕府総帥《そうすい》将軍家となった事で松平が付され、「松平西福寺」となっていた（学問的には家康と松平のつながりには疑問な点もある）。

宗次は浮世絵師としての仕事を始めた当時、間に立つ者の世話もあって「松平西福寺」に求められ「坐禅の僧」と題した大作を描きあげており、この絵に対し「松平西福寺」は画代一両を支払い、永代出入り自由を許していた。

実はこの一両こそが、宗次が画代として得た最初の収入だった。

今の人気からすれば恐らく百両は下らぬ力作であろうと、「松平西福寺」自身に言わせている。

それだけに宗次は、自分を浮世絵師として世に送り出してくれたのは「松平西福寺」であるという思いが強く、今以《いまもっ》て感謝の念を忘れていない。

そういった「松平西福寺」と宗次との関係もあって、密葬は実に簡素に且《か》つおごそかに執り行なわれたのであった。

八日目の朝、小さな浮雲ひとつ無い快晴だった。

「ではまた来るからよ。爺の位牌をひとつ頼んだぜ」

「はい。お任せ下さりませ。それから若様……」

「ん？」

「私は若様のお言葉に従い、二代目作造の地位に就かせて戴きました。それゆえ若様も、私を作造を見る目で眺めて下さりませ」

「どういう意味でえ」

「若様は初代作造、つまり旦那様と向き合いなされます時は話し方も、姿勢も、まさしく大剣聖梁伊対馬守隆房様の御子息、つまり若様に、いえ、武士になり切っていらっしゃいます」

「あ……そうか。そうであったな。判った。江戸一番の研ぎ師、大番頭《ばんとう》進吉を二代目作造としっかり見て接することにしよう。二代目の爺と見てな」

「わ、若様……『爺』は私にはまだ少し早いのではないかと」

「なあに。六十を過ぎれば立派な爺じゃ。爺と呼ばせてくれい。な」

「若様がそう仰いまするなら」

二代目作造はそう言うと、嬉しそうに破顔した。本心から嬉しいのであった。

「四十九日が過ぎたなら各派刀匠を招いて襲名披露をやらねばならぬ。私が差配しよう。それまでは各派刀匠たちと上手に付き合いを深めておいてくれ」

「承知致しました。『対馬屋』の店面《たながお》に泥を塗ることのないよう、心静かに励んでみまする」

「進吉なら、いや、爺なら大丈夫じゃ。何かあったら八軒長屋まで報《し》らせてくれい」

「そうさせて戴きます」

宗次は二代目作造ひとりに見送らせて、「対馬屋」の日常生活上の出入口となっている小造りな冠木門構えの横手口から、路地通りに出た。腰帯には二代目作造が研ぎ清めた、備州長船住景光の鍔無し短刀が差し通されている。短いこともあって目立たず、それとは見え難《にく》い。

大番頭西条山城守の令嬢美雪の懐剣であった。

表通りに出て直ぐに別の路地に入った宗次の足は急いでいた。刺客の蹴り業で受けた左腕の痺《しび》れと鈍痛《どんつう》はまだ残っていたが、この七日の間にかなり軽快してはいる。

宗次は、浅草寺へ向かった。この辺りでは余りにも誰彼に顔を知られ過ぎている浮世絵師宗次であったから、路地から路地の道を選んだ。

寺院が数え切れぬほどある浅草ゆえ、ときに境内《けいだい》から境内を渡り歩く。

年中、人出で賑わっている浅草寺の山門を潜った宗次は建ち並ぶ出店の裏手を足早に伝い歩くようにして、奥まった位置にある人形焼の大店《おおだな》「喜村屋喜文堂」の店先に立った。大勢の客が出たり入ったりしている中に入った宗次は、客たちを掻き分けるようにして、土間路地を我が家であるかのような歩調で奥へ進んだ。

「おやまあ、宗次先生……」

土間路地の突き当たりの座敷で、火鉢を前にして茶を啜っていた五十半ばに見える女が、驚いて湯飲みを卓袱台《ちゃぶだい》に戻して中腰になった。

女の左手は廊下になっていて、障子は開け放たれ明るい朝の日差しが射し込んでいる。

女は「喜村屋喜文堂」の女主人《あるじ》、喜村澄代《すみよ》であった。元百俵取りの御家人喜村喜三郎《きさぶろう》の妻で、夫を病で亡くしたあと御上《おかみ》のお許しを得て人形焼の店を出して三十年。それが当たって今や押しも押されもせぬ浅草界隈《かいわい》一の人形焼の店であった。

浅草を訪れた宗次が必ず立ち寄って、貧乏長屋の女房《かみ》さんや子供たちに手土産として買って帰る「喜村屋喜文堂」の人形焼である。その買って帰る数がいつも少なくないから、この店では宗次は大の得意先でもあった。むろん、天下一の人気浮世絵師として知られてしまっている。

「幾日か前、先生に頼まれたと、『対馬屋』のお種さんが沢山買って下さいました。いつもありがとうございます。で、今朝はまたどうなさいました先生、こんなに朝の早い内から浅草まで来て下さって……」

「と言ったって、もう五ツ半（午前九時頃）をとっくに過ぎてらあな。それにしてもよお内儀《かみ》、こんなに朝の早くから大変な客の入りじゃあねえか」

「今日は特別に朝早く予約のお客さんのために店開きしたんですよう。講を組み団体で浅草寺さんにお詣りして下さった甲斐《かい》や常陸《ひたち》の信者さんが今日、帰国なされるもので」

「そうかい。それじゃあ丁度よかったい。この私《あっし》にも……」

「とにかく突っ立ってないで、お上がりなさいましよ先生。美味しい葉茶が入りましたからさあ」

「そうかえ。じゃ、ま、茶の一服でも厚かましく御馳走《ごちそう》になるかえ」

「さあさあ、こちらへ……」

と澄代は床の間を背にしていた自分の位置を宗次に明け渡し、自分は卓袱台の下座に正座をするや、ポンポンと手を大きく打ち鳴らした。

店に通じている廊下の向こうで「はあい……」と女の若い声が応じた。

「宗次先生。今日は何人分がご入用ですか」

「八軒長屋の女房《かみ》さんや子供たち、それに紙問屋の『富士屋』にも届けてえんだが」

「判りました。中箱詰めを二十ばかり用意致しましょうね。とても両手で持てやしませんから、店の荷車で配達させましょう」

「いつも面倒かけて済まねえな。あ、でも『富士屋』へだけは帰りにでも立ち寄りてえんで、三箱ばかりは別にしてくんない」

「承知いたしました」

澄代が頷いたところへ「お呼びでございますか、お内儀《かみ》さん」と、十五、六の女が座敷の前に正座をし、宗次と目を合わせるや、顔いっぱいに笑みを広げた。

「宗次先生。いつお見えだったのですか」

「なあに。たった今よ。店に入ってそのまま土間路地伝いにな」

「そうでしたか。いま、お茶をお持ち致します」

「ありがとよ」

澄代が宗次のあとを続けた。

「それからね、律《りつ》。売り切れない内に先生の分を中箱で二十ばかり取っておきなさい。うち三箱は、こちらへ持ってきておくれ」

「はい、お内儀《かみ》さん。それでは用意して参ります」

表情のどこかにまだ幼顔を残している律は、ぺこりと宗次に向かって頭を下げると、忙しそうに離れていった。

澄代の視線が卓袱台越しに宗次の腰へ注がれたのは、この時だった。

「先生。そのお腰の物、女物の懐剣ではございませぬか」

「あ、これ……うむ。ちょいと頼まれて研ぎに出していたんだい」

「この浅草で研ぎといえば……『対馬屋』さんですか」

「まあな……」

「なんだか先生。重いお口でございますこと。お訊きして悪うございましたなら、お許し下さい」

「なに。長い付き合いの私《あっし》とお内儀《かみ》の間だ。べつに隠すことなんぞ何一つねえやな」

「私《わたくし》も元は百俵取り御家人の妻。貧乏御家人の妻であったとは申せ、そのお腰の物がかなり立派な懐剣であることくらいは判ります」

「絵仕事で出入りしている六千石旗本大家のご息女の物でな」

「まあ六千石とは大層な御家柄でございますこと。それにしても宗次先生の顔の広さは、止《とど》まるところを知らない勢いでございますねぇ」

「有難《ありがて》えことだと思っておりやすよ」

「その旗本大家のご息女様にも、できれば私共の人形焼を賞味して戴けませぬでしょうか先生」

「お、そうよな。『富士屋』へ立ち寄った足で、この懐剣をお届けしなきゃあならねえんだ。じゃあ、大箱で一つ追加を頼まあ」

「大箱一つですね。判りました。律がお茶を持って参りましたら用意させましょう。それから先生」

「ん？」

「そろそろ御身を固めなさいませよ。あまり独り身が長いと、いかに役者も顔負けな男前の宗次先生とて、蛆《うじ》がわきましてよ」

「おいおい、お内儀《かみ》……」

「心配しているのでございますよ。先生ほどの威風ある才人ならば、お大名家のお姫様を嫁に貰われましても、少しも遜色《そんしょく》はございませぬ」

「ま、嫁の話はそれくらいで勘弁してくれ」

「はいはい」

やさしく微笑んだお内儀《かみ》が、「私に可愛い孫娘がいたなら黙ってはいないんだけれども……」と呟いて溜息をついた。

宗次の瞼の裏に、人形焼の大箱を嬉しそうに受け取って微笑んだ端整な美雪《みゆき》の笑顔が、ふっと浮かんで消えた。

二十一

「喜村屋喜文堂」を出た宗次は紙問屋の老舗「富士屋」に立ち寄って大旦那九造《きゅうぞう》の四方山《よもやま》話《ばなし》の相手を半刻《はんとき》ばかりしたあと、美雪に備州長船住景光の懐剣と人形焼を手渡すため、「建国神社」の森の南側、「旗本八万通」沿いに在る西条家へと足を向けた。

春の空にしては朧雲《おぼろぐも》の漂いもなく、秋を思わせるような澄んだ青空の広がりだった。刻限は巳《み》ノ刻（午前十時頃）を過ぎたあたりであろうか。日の輝きはまぶしく強く、宗次は背中にうっすらと汗を覚えた。この四、五日初夏を感じさせる暑さだ。

「ちょいと拝《おが》んで行くかえ」

呟いた宗次は、目の先に見えてきた武勝毘古名命《たけまさるひこなのみこと》を祀《まつ》る「建国神社」の参道入口の両脇に鎮座《ちんざ》する二頭の大きな獅子《しし》の石像の奥へと、気持を入れていった。左手には人形焼の化粧箱を提《さ》げている。

「あら宗次先生。お久し振りでございますこと」

「や、お京姐《きょうねえ》さんにお鶴《つる》じゃねえかい。朝のお詣りかえ」

「はい。女将《おかみ》さんから、これお京、宗次先生のますますの御活躍を朝の内に祈願してくるようにと強く言われましたので」

「嬉しいねい。そういう言葉が淀みもなく反射的にすらすらと口から笑顔に乗《の》っかって出てくるところがよう」

「本当ですよう先生。神楽坂《かぐらざか》の姐さんたちは、大事と思《おも》うている男《ひと》には口先三寸《くちさきさんずん》は御法度《ごはっと》と戒《いまし》めておりますもの」

「女将に言っといておくんない。近い内に訪ねるからってよ」

「約束ですよ。きっと来て下さいよ」

鳥居から出てきた顔見知りの二人の姐さんと話を交わしながら、「うん、必ず行く」と頷いた宗次は立ち止まることもなくゆっくりと擦《す》れ違った。神楽坂の高級料理旅館「雪雀《ゆきすずめ》」お抱えの姐さんたちだった。お揃いの茜《あかね》色唐草鮫小《からくささめこ》紋《もん》に松葉《まつば》模様《もよう》を散らした八寸帯が似合うお京とお鶴は、神楽坂の宵待草《よいまちぐさ》（夜の社交界）では男客の間で大変な人気者だ。この着物と帯は「雪雀」の定まりの衣《い》裳《しょう》（制服）である。

宗次は、立ち止まったお京とお鶴が自分の後ろ姿を見送ってくれていると知ってか知らずか、二頭の獅子像の間を入っていった。白い玉石が敷き詰められた美しい参道である。

参道を跨《また》ぐ鳥居は一《いち》の鳥居から三《さん》の鳥居まであって、渡り廊下で結ばれコの字型に建っている拝殿と本殿（拝殿の後方）は三の鳥居を過ぎると直ぐ目の前だった。正午《ひる》にもならないというのに、拝殿前は町人たちで結構な混雑だ。

宗次は、一方的に離縁を言い渡された心の重苦しさが一向に消えていない美雪の安息安堵《あんそくあんど》を祈願すると、拝殿の左手から神社の森へと斜めに延びている幅四尺ほどの石畳の道へと入っていった。

美雪が下級武士と思われる数名に襲われ、危ういところを宗次が救ったあの二葉葵の花が咲き乱れる森の石畳の道だった。

「旗本八万通」に出るこの石畳の道は、さすがに人の往き来は殆どない。石畳の道を抜け出ると待ち構えているのは町人の日常生活には無縁の、中堅以上の旗本屋敷群だからだ。

「この辺りだったかな……」

立ちどまって宗次がちょっと見まわした所は、美雪を襲った下級武士風を訳もなく三名倒した場所であった。

しかし、さして関心ないのか宗次は直ぐに歩き出した。

石畳の道を抜けて「旗本八万通」に出た宗次は、ようやく自分がいま来た方を振り返って尾行者の有無を確かめるような表情になった。

「今日は現われてほしくねえんだい」

ぽつりと漏らして歩き出した宗次だった。それもその筈である。初代の爺（対馬屋作造）を失って鉛色《なまり》の悲しみが胸の内からまだ消えていない。

それに清め研《と》ぎをすませた備州長船住景光の懐剣を、再び血脂で汚す訳にはいかなかった。再びの争いは避けたいのだ。

それに今日は、美雪への手土産として、「喜村屋喜文堂」の人形焼が入った大判の化粧箱を下げている。

これを手渡したときの美雪の笑顔が見てみたい、と思っている宗次だった。

西条家の長屋門は、前方に見えていた。

と、宗次の足が前もって準備していたかのような自然さで、傍《かたわら》の幹回り太い並木の陰へ、すうっと体を運んだ。

そして幹の陰から用心深く右片目だけを出して、西条家の方角を窺う。

こちらから見て西条家の向こう側路地から現われた侍が、西条家の長屋門を目指す様子で近付いて行きつつあった。その視線は明らかに西条家の表御門に向けられていた。きちんとした身形《みなり》の侍で、とても下級の者には見えない。

大小の帯び方を見ても、腰のあたりに一種の緊張が漂っているのが判る。年齢《とし》の頃は、二十六、七といったところであろうか。両の拳を握りしめたその様子が、意思の強さをあらわしているかのように見えた。

侍は、やはり西条家の表御門の前で佇んだ。宗次にとって見知らぬ顔の侍ではあったが、べつだん険悪な印象ではない。

侍が西条家の門前に佇んでいたのは、ほんの短い間であった。用がありそうにも思えないし、無さそうにも見えない妙な雰囲気をその場に残して、侍は再び出て来た路地へと消えていった。

「はて？……」

首を小さくひねって宗次は暫くの間、並木の陰に潜んで西条家の表御門の方へ注意を払った。

だが、件《くだん》の侍が引き返してくる様子はなさそうだ。

宗次はようやく並木の陰から出ると、路地の方へ用心の視線を向けつつ西条家へと近付いて行った。空はいよいよ澄みわたって高く、まさに爽《さわ》やかな秋の空のようである。

宗次は石組の階段を六段上がって潜り門の前に立ち、先ず木戸を右手で押してみた。

開かない。当然であろう、上様の御側近くに仕える幕府重臣大番頭六千石である。日中は出入り自由を許した商人や職人のために潜り門を無施錠としている旗本家も無くはないが、西条家くらいにもなるとそうはいかない。上様の御側近くに仕えるということは、権限も威風も大きいがその反面、どのような危険がどのように形を変えて雪崩《なだ》れ込んでくるか知れないのだ。

　宗次は右手の拳で軽く潜り門の木戸（潜り木戸）を叩いた。西条家の表御門の左右には訪れた者を確かめる物見詰所の小窓があり、詰所には小者か当番の若党が詰めている筈であった。大名旗本家へ絵仕事で出かけることが多くなっている宗次は、そのあたりの要領は心得ている。

　物見窓が開く代わりに潜り木戸が細目に開いて、宗次にとって見覚えがある老爺（下男頭《がしら》の与市《よいち》）が顔を覗かせた。いつだったか、ひどく無愛想に応対してくれた腰がだいぶ曲《ま》がっている老爺だ。

　その老爺が「あっ……」という感じで目を見開いたあと、顔つきをそれこそ裏返したように大きく変えた。顔をくしゃくしゃにして精一杯の笑みを広げながら勢いをつけて潜り木戸を開ける。

「これは宗次先生。下働きの与市でございます」

　宗次が思わずたじたじとなる程に、与市は間近に寄って来て丁重に頭を下げた。その頭が宗次の胸元に当たりそうなほど間近に。

「お目にかかるのは二度目でございやしたかねい。私《あつし》は浮世絵描きを生業《なりわい》としておりやす宗次という者でございやす」

宗次はゆっくりとした口調で名乗って軽く腰を折った。改めて威儀を正した積もりであった。

「はい、はい、お嬢様からお聞き致し承知致してございます」

「突然にお訪ねさせて戴きやしたが、美雪様にお目にかからせて戴きやすことは、叶いませぬか」

「とんでもございません。お嬢様の居間おそばまでこの与市が御案内申し上げます。御殿様からも、そうするようにと命じられてございますゆえ」

「ほう。美雪様のお父上……御殿様が」

宗次は、ちょっと驚いてみせ、さては自分について美雪が父親西条山城守貞頼にそれ相応に打ち明けたな、と想像した。一生懸命に言葉を選んで印象悪く受け取られぬようにと山城守に話しかけている美雪の健気《けなげ》な様子が、瞼の裏に浮かびあがってくる。

「さ、どうぞお入りになって下さいませ」

と、はじめて会ったときとは掌《てのひら》を返したように態度言葉の違う下男の与市であった。

「それじゃあ……」と、宗次は与市の背中に従うようにして潜り門を潜った。

間近な何処かで、縄張り内に入ってきた敵でも追い払っているかのような烏《からす》のけたたましい鳴き声がしたのは、このときである。

「うるさいことで……」

与市が苦笑しつつ宗次と体の位置を入れ替えるようにして、潜り木戸を閉じ施錠した。施錠とはいっても潜り木戸に備わる横杭を管柱《くだばしら》(縦柱)の穴へ、縦杭を胴差《どうさし》(横柱)の穴へと差し込むだけである。横杭と縦杭はお互いに噛み合って、動いたり緩んだりしなくなる。

「恐れ入りますが此処で暫くお待ちになって下さい。いま、お嬢様にお伝えして参ります。今日は朝から広縁にて桜の花を愛《め》でておられますので」

与市は宗次を玄関式台の前まで案内すると、あたふたとした様子で中の口(家族用玄関)の前を通り抜け、庭木立《こだち》の向こうへと消えていった。

と、何かを感じたのであろうか宗次が振り返って表御門にじっと視線を注いだ。べつだん険しい表情となっている訳ではなかったが、かなり神経を集中させている目つきではあった。

宗次のその様子は、あながち思い過ごしという訳でもなかった。先程、西条家の脇路地へと消えていった身形悪くない二十六、七に見える侍。その侍がまたしても路地口に姿を現わし、五、六歩進んだあたりで佇み西条家の表御門を射るような鋭い目つきで眺め出したのである。

その姿を若し美雪や与市が認めたなら、「あっ……」と驚いて複雑な表情になったことだろう。

大小刀を帯にビシッと決め込んで差し通したその青年侍こそ、幕府「御側御用人」麾下《きか》御側衆の地位に在《あ》る旗本大家七千石本郷甲斐守清輝《ほんごうかいのかみきよてる》の嫡男清継《きよつぐ》二十七歳であった。

美雪とはじめて西条家御門前で話を交わしたとき「……これよりお役目で三島《みしま》から沼津《ぬまづ》に向けて発《た》たねばなりませぬ。お役目を果たして江戸へ戻ってくるまでに十四、五日、いやそれ以上はかかりましょうか……」と言い残して去っていった、あの旗本名家の嗣子《しし》である。

その本郷清継が意外な早さで帰参し、西条家の前に現われたということは、予定よりも効率よくお役目を果たし終えたということなのか。

一方、表御門の内側では、宗次が難《むつか》しい表情で玄関式台の前から離れ霰道《あられみち》を何歩か表御門の方へ戻ったが、思い直したように直ぐに元の位置へと引き返した。

霰道とは石畳を敷き詰めた屋敷内の小道のことで、西条家ではもう先代の頃より詩情を込めたやさしさで、そう呼んでいた。敷き詰めた石畳の模様が武家装束の霰染《あられそめ》文様や、公家装束の霰織《あられおり》文様にこの上もなく似ているからである。

与市が戻ってきた。

「宗次先生、ご案内申し上げます。どうぞこちらへ」

「突然お訪ね致しやして、ご迷惑ではございやせんでしたか与市さん」

「宗次先生は一体何処へ行ってしまわれたのであろう、とお嬢様はとてもご心配の様子でございました。お見えになられたと知って、大層お喜びでございます。こちらへ……どうぞ」

と、与市は中の口とは反対の方へと、宗次の足元を気遣うように体を三分の一ばかり横に開いた姿勢で、そろりと先に立って歩き出した。それこそ、はじめて会ったときとは雲泥《うんでい》の差の与市の態度だった。

「与市さんは今、何処へ行ってしまわれたのであろう、という意味のことを仰いやしたが……それはもしかして」

「はい。お嬢様は御殿様のお許しを得た上で、菊乃《きくの》様と申されます奥向きを差配なされている御方《おかた》を供に、ここ数日の間に二度ばかり鎌倉河岸の八軒長屋をお訪ねになられたのでございます」

「それはまた……で、その供の方《かた》と、二人だけで鎌倉河岸まで出向かれなさいやしたので」

「いいえ。御殿様が剣術に達者な屈強の家臣二名を供にお加えになりましてございます」

さすが大番頭の地位にある御人《おひと》だけのことはある、と安心しつつ宗次は頷いてみせた。

幕府の軍制組織大番の長官である大番頭というのは、寛永《かんえい》（一六二四〜一六四四）の頃までは万石以上の大名が務めたことがある程の地位だ。

大名に代わって上級旗本がその地位に就くようになってからは、俸禄《ほうろく》の他に役料として二千俵が支給される格式ある地位である。

幕府が公式諸行事の礼服として大番頭のような上職者に着用を許しているのが「布衣《ほい》」と呼ばれるもので、つまりこれは地位差別の象徴の一つであった。これに更に位階差別が加わって、大番頭は「従五位下《じゅごいのげ》」という高い冠位《かんい》にある。

従五位下といえば、大剣聖である梁伊対馬守隆房に許されていた冠位と同格であった。

また、尾張《おわり》藩、紀州《きしゅう》藩、水戸《みと》藩などの御三家にも、幕府軍制を真似て大番組織は存在しており、それら御三家における大番頭の地位は、家老に次ぐ二番手権力の地位だった。

「ほう……」

宗次の足が長く連なっている櫺子窓《れんじまど》の脇で止まった。

先に立っていた与市の足も止まって振り返り、「剣術道場でございます。御殿様をはじめ家臣の方方《かたがた》は、三日に一度はこの道場でそれはそれは厳しい稽古《けいこ》をなされます。今日は御城勤めから戻られましたら、道場は賑わいましょう」

と、笑顔で言った。下男ながら家臣たちの逞《たく》ましさが嬉しいのであろう。

「御殿様は、今日は登城の日でありましたか」

「はい。直参の武官である大番頭は部隊長の地位でございますから、登城には駕籠《かご》などは用いませず、騎馬を許されております。なかなかに勇壮な登城のお姿でございます」

「なるほど、騎馬での登城ですかあ……」

むろん、そうと承知してはいる宗次であったが、感心したように相槌《あいづち》を打ってみせた。

「今日は上様の御用で戻って参られますのが少し遅くなられるようでございます。お嬢様がお待ちです。さ、先生参りましょう」

与市に促されて宗次は歩き出した。

「実は宗次先生……」

と与市が前を向いたまま、後ろ肩をすぼめるようにして遠慮がちな口調で続けた。

「鎌倉河岸の八軒長屋へは、この与市も柳樽《やなぎだる》（酒樽の一種）をぶら下げてお嬢様の御供をさせて戴いたのでございます」

「若《も》しや、そうじゃねえかと思うておりやした。やはりそうでござんしたか」

宗次は与市の背中に穏やかに返して、ひとり笑った。

二人は剣術道場の端角まで来ていた。

与市が笑顔で振り返り、「先生、ここから先は御一人でお進み下さい」と言った。

宗次が「え？」という表情を拵《こしら》えると、与市は「この角を右へ折れましてね、そのまま真っ直ぐにお進み下さい」と言って、意味あり気ににっこりすると、二人がいま歩いてきた御影石《みかげいし》（花崗岩の別称）を敷き詰めた霰道を戻って行った。

「石畳の道は此処までか……」と呟いて、宗次は自分の足元を眺めた。

二十二

剣術道場の角を右へ折れた宗次は、思わず「お……」と立ち尽くした。広い庭の凡《およ》そ半町（約五十メートル）ほど先で一本の桜の大樹が、庭空《にわぞら》を覆《おお》わんばかりに花を咲かせ、その花を泡雪《あわゆき》かと見紛う程に賑やかに降り落としている。この四、五日の暑さのせいか、五月雨《さみだれ》のような散り落ち様《よう》だ。

絶景であった。

宗次は「絵になる……」と呟いて、暫くの間その場から動かなかった。与市が「ここから先は御一人でお進み下さい」と言い残したのは、この見事な桜の五月雨を一人ゆっくりと観《み》させるための心配りであったか、と気付いた宗次である。

西条家の敷地は二千五百坪《つぼ》以上もあって、これは万石大名並の広さであると言えた。しかも、一等級の評価があるほぼ真四角な敷地であるがために、一辺が一町（百メートル余）近くの長さにもなる敷地囲いの築地塀《ついじべい》は、凛《りん》と整って威風があり且《か》つ美しかった。

「浄善寺《じょうぜんじ》の霞桜に勝るとも劣らねえ品がありやすねい。いずれ、描かせて貰いてえもんだい……」

宗次は己れに言って聞かせるように漏らして、剣術道場の漆喰塀に沿うかたちで足を進めた。

手入れの行き届いた庭道の左手には、様様な樹木が植え込まれて一斉に青葉を出し始めている。右手は十二、三間《げん》（凡そ二十余メートル）先まで建物の漆喰壁が続いていた。

その漆喰壁が尽きた辺りから先は、建物が庭道から退がっているらしく、窺えるのはそれを物語っている見事な割板葺《わりいたぶき》大屋根の美しい流れであった。

「ん？」

宗次の足が、ふっと止まった。庭道のすぐ脇で高さ四、五丈《じょう》（一丈は凡そ三メートル）に育っている樹木が、枝という枝に小さな球形の青い実（花のう）をびっしりと付けている。

それだけではなかった。その枝あるいは幹から地面に向けて蔓《つる》状の管枝《かんし》を幾本、いや幾筋も垂らしているではないか。

その管枝に顔を近付けてじっと見つめていた宗次が「これは珍しいねい……気根《きこん》じゃねえですかい」と驚いた。

「この木、そうそう江戸で見られるもんじゃあありやせんや。誰ぞに苗木でも分けて戴いたものですかねえ……それにしても、この江戸でよく育ったもんだあな」

誰かに語りかける調子で呟いた宗次は感心したように小さく首を振ってから、振り返り振り返り歩き出した。余程に珍しい樹木なのであろうか。

山川草木《さんせんそうもく》への関心を失っては成り行かぬ宗次の絵仕事であった。

小指の爪ほどの小花でも、宗次にとっては絵の構想を大きく膨らませてくれるのである。

漆喰壁がすぐ目の先で尽きる所まで来た宗次は、もう一度立ち止まって振り向き、小さな球形の青い実を鈴生《すずな》りにしている気根の木を「珍しい……」と眺めた。

そしてひとり満足そうに頷くと、二、三歩行って「やあ……」と破顔した。

漆喰壁が尽きたところから先は、庭道から数間《けん》ばかり退がって能舞台かと言っても大袈裟《おおげさ》ではない広縁が、建物の向こう端まで続いていた。その広縁の内側に敷居を境としてゆったりとした幅の廊下の拵えがあったから、一層のこと、能舞台がずっと向こうまで続いているかのような感じである。

このあたり、さすが六千石旗本大家の屋敷であったが、しかしどの部分の拵えに目をやっても、贅沢《ぜいたく》を排した地味な造り構えであった。

その能舞台を思わせる板床の上に座布団を敷くこともなく、軽く三つ指をついて美しく微笑んでいる女性《ひと》がいた。

「ようこそ御出下されました。お待ち申し上げておりました」

その女性《ひと》は澄み切った声でそう言うと、丁重に頭を下げた。

宗次が一瞬「かぐや姫か……」とも錯覚しかけたその女性《ひと》こそ、西条家の令嬢美雪であった。

面《おもて》を上げた美雪に近付いて行った宗次は、廊下の後方、日当たりよく明るい座敷の中ほどにもう一人の女性《にょしょう》がひれ伏しているのに気付いた。

宗次とは二度目の対面となる侍女《ひと》菊乃であった。だが、ひれ伏している菊乃の面《おもて》は宗次にはまだ窺えない。

広縁への大きな踏み石を上がった宗次は、框《かまち》へ静かに腰を下ろすと、美雪と目を見合わせて黙って頷きつつ、手にしていた「喜村屋喜文堂」の人形焼の化粧箱を自分の膝の上に置いた。

「お目にかかりとうございました。景光の懐剣をお預け致しましたあとの宗次先生の御身《おんみ》のご無事を心配致しておりました」

そう言う美雪に宗次は矢張り黙って小さく頷き返し、(この女性《ひと》の気品あふれる美しさは、なんとまあ……まさしく、かぐや姫)と思った。

かぐや姫とは、「無限の世」を限りある人生と見たてる「神仙《しんせん》思想」でやさしくつつまれた「竹取《たけとり》物語」（九世紀後半〜十世紀前半の作。著者不明）に登場する美貌の女性《ひと》のことである。想像の世のそれこそ淡雪のような恋の御伽噺《おとぎばなし》（メルヘン）である「竹取物語」のかぐや姫は、今や江戸の民百姓で知らぬ者はない。

宗次は中国にも「竹取物語」（中国名「斑竹姑娘」）が存在することを学び知っていた。そしてこれが日本の「竹取物語」の源泉となっていると中国では真《まこと》しやかに伝わっていることについてもむろん否定的に承知している。

その通り事実は全く逆であった。日本の国学者たちの熱心な細部にわたる研究の成果として、「斑竹姑娘」こそ日本の「竹取物語」の影響を強く受けてつくられたものである、という学説が今や動かぬものとなっている。これに関しても、宗次は大いに承知していた。

「お元気そうで何よりでござんす。私《あつし》もこの通り、すこやかに致しておりやした」

宗次は少しの間、目の前の圧巻という他ない満開の桜を眺めたあと、そう穏やかな調子で切り出し、人形焼の化粧箱をそっと美雪の前に置いた。その宗次の肩や手、化粧箱の上に桜の花びらが止《や》むことなく降りかかる。

その花びらは、「まあ……」と目を細めて化粧箱に伸ばした美雪の雪のように白い両の手にも、純白の小蝶のように次から次とまとい付いた。

「浅草は『喜村屋喜文堂』という人気の老舗でつくられやした人形焼という銘菓でござんす」

「人形焼……」

「餡《あん》がいっぱいに詰まっておりやして、一度味わうと虜《とりこ》になってしまいやしよう」

と、宗次の言葉調子が、次第とにこやかになってゆく。

「ありがとうございます。私《わたくし》は甘いものが大好きでございますけれど、御酒《ごしゅ》を大層嗜《たしな》みます父もきっとお喜びなされましょう」

「御殿様は甘いものも？」

「はい。御酒も甘いものも……両刀遣《づか》いでございます。今日は登城の日であいにく留守を致しておりますけれど、若しこの場にいたならば大変」

そう言って、クスリと笑った美雪の何《なん》ともいえぬ可憐《かれん》さに触れて、宗次は（ああ、随分と元気になられた……）と安心を強めた。

ここでようやく、座敷の中ほどでひれ伏していた侍女の菊乃が、面《おもて》を上げた。

菊乃はこちらへ控えめな会釈《えしやく》を送ってきた宗次と視線を合わせ笑みを返しながら、「あ……」という思いに捉われていた。

浄善寺の坂道ではじめて出会った人気浮世絵師宗次であったが、「今日は……違う……」という稲妻のようなものが背筋を走ったのだ。

どう「違う……」のであろうかと自身に問い直して、うろたえるしかない菊乃であった。視線を合わせて咄嗟《とっさ》に感じたのは、名状し難い眩《まぶ》しさのようなものだった。気高さか、教養の高さか、それとも天才的な画才の輝きのせいか、と素早く臆測を巡らせてみる菊乃であったが判断がつく筈もなかったから、再び穏やかにひれ伏した。

気付いて美雪がちょっと後ろを振り返り見てから、菊乃について西条家に奉公して二十五年になるなど改めて手短かに宗次に紹介した。

頷いた宗次が念のためを込めて自分の名を名乗ったが、菊乃はひれ伏したまま身じろぎもせず、ただ「菊乃でございます」とだけを返した。

「菊乃。ここはもう宜しいから、おさがりなさい。何か用が生じれば呼びましょうから」

美雪に労《いたわ》るような調子で言われ、菊乃はホッとしたような響きで「はい」と応じ座敷の反対側に走っている廊下へとさがっていった。

二人だけとなると、美雪は宗次の方へ正座の位置を姿勢を崩すことなく美しく近付けた。

「膝が痛くありやせんか。座布団をお敷きなせえ」

「大丈夫でございます。広縁にこうして座りまするときは、幼い頃からこうして座布団を敷いたことはありませぬゆえ」

「御殿様の躾《しつけ》でございやしょうか」

「いいえ、心の臓の病で身罷《みまか》りました母の教えでございます」

「母上様がお亡くなりになられて、もうどれくらいに？」

「間《ま》もなく……一年近くが過ぎましょうか」

「うむ」

宗次は低い声で応じてから思い出したようにして、帯に差し通してあった美雪の懐剣を抜き取った。

「清め研ぎを致しておきやした。幸《さいわ》い刃毀れはございません」

「では矢張り、相当に激しい争いが？」

「なかった、と言えば嘘になりやしょう。だが、暗い話は今日は止《よ》しに致しやせんか。この美しい桜に申し訳がござんせんから」

宗次はそう言いながら、目の前の桜の大樹へと視線を移した。

「父が幼い頃より大事に育てて参った桜でございます。この屋敷では書院桜と呼んでおります」

「書院桜？」

「父の書院が……『桜の間』と呼ばれております父の書院がそこに」と言いつつ、広縁の右手先の方へと顔を向けた美雪の白い手は、人形焼の化粧箱の上に横たえた備州長船住景光の懐剣を目立たぬようそっと撫でている。いとおし気に。

「あの書院から眺めまする満開時《まんかいじ》の桜の形が最も立派で美しく見えますことから、書院桜と父が名付けたものでございます」

「書院桜……なるほど、いい名前でございやすね」

「どうぞ、書院にお上がりになって、桜を見てやって下さいませ」

「とんでもございやせん。ご登城で御殿様がお留守のときに、そのような勝手は出来やせん」

「私《わたくし》が判断したことに、父は決して立腹したりは致しませぬものを」

と、いささか残念そうな表情を見せる美雪であった。

「美雪様。ご迷惑になりやせんでしたら、お庭を少し散策致しやせんか」

「はい。承知致しました」

と、答えた美雪はそれこそ嬉しそうに目を輝かせた。

「人形焼は此処へ置いておいても、行方不明にはなりやせんでしょう。景光の懐剣は帯にお通しなさいやし」

「ええ。そう致します」

美雪は落ち着いた様子で静かに立ち上がった。どれほどにか長く板床の上に正座をしていた筈と思われるのに、よろめきさえもしないところはさすが西条家の躾である、と宗次は感じた。

踏み石の上に揃えられた本革拵えと思われる薄紅色の草履《ぞうり》に片足から下ろそうとするときだけ、宗次は美雪の右の手に自分の左手を貸してやった。

その手に頼って草履の上に足を置いた美雪の端整な表情には、はっきりとしかし控えめに喜びが満ちている。

そうと判ったから宗次は尚のこと、一方的に離縁されて傷ついた美雪の精神《こころ》の立ち直りを、強く感じるのだった。

　人形焼の化粧箱の上に横たわっている懐剣を手に取った美雪は、それを帯に差し通した。さすがに馴れた手つきではあったが、宗次は「ちょっと宜しいですかい」と告げてから、その懐剣の柄の角度をほんの少し鞘を引き抜き気味にして上に向けてやり、そしてまた柄頭《つかがしら》を軽く押し戻した。

「帯に差し通した刀の柄ってえのは、どの程度に上向きか下向きかによって利《き》き腕の掌《てのひら》に滑り込んでくる味ってえのが違って参《めえ》りやす」

「味？……でございますか」

「そう。味、という言葉で覚えておきなさいやし。右手を柄に持っていきやすと、私《あっし》の申し上げたことが、なるほどと判りやしょう」

「はい」と答えて右手を懐剣の柄へと運んだ美雪が、「まあ……」という表情になった。

「本当でございますこと」

「今のその味を、掌《てのひら》に覚えさせておきなさることですねい。いざという場合に、きっとお役に立ちやしょう」

「ありがとうございます」と真顔で答えた美雪であったが、「どうして宗次先生は刀についてこれほどに詳しいのであろうか」などとは考えなかった。いや、考える必要はない、と自分に言い聞かせていた。

宗次先生の仰る如何《いか》なる言葉も自分にとっては大事なものである、という確信のようなものが、今や美雪の胸の内にはっきりと芽生えつつあった。

踏み石から先に下りた宗次が、また美雪に手を差し出した。

美雪は何一つ余計なことは考えずに、その手に縋《すが》ることが出来た。

「御殿様は今日は何刻《なんどき》頃に御城からお戻りなさいやすので？」

「ご老中土井《どい》能登守《のとのかみ》利房《としふさ》（寛永八年八月・一六三一〜天和《てんな》三年五月・一六八三）様の御屋敷にお招きされている、と父は申しておりましたゆえ、今日の帰参は遅くになりましょう。どうぞ先生、ごゆるりとなされまするよう」

「それでは、お庭の散策を厚かましく堪能させて戴きやす」

「お昼《ひる》餉も夕餉《ゆうげ》も美雪と御一緒下さりませ」

「いやいや、御殿様のお留守に、さすがにそれは宜しくありやせん。またの機会に、とさせて戴きやしょう」

二人はどちらからともなく、ゆっくりと歩き出していた。

「明るい気性でありました兄貞宗《さだむね》が、江戸から遠い大坂城の目付として赴《おもむ》いてからは、この屋敷はひっそりと致しましてございます。父も口には出しませぬけれども、きっと淋しいのでございましょう。土井能登守様と御酒《ごしゅ》を交わす機会も、以前よりはうんと増えましてございます」

宗次は答えず黙って頷くだけとした。時の老中土井能登守利房といえば、今は亡き土井利勝《としかつ》（天正一年・一五七三〜正保《しょうほう》一年・一六四四）の四男である。徳川家康亡きあと、幕政の中心勢力として見る間《ま》に伸《の》し上がった土井利勝には「家康の御落胤《ごらくいん》」の噂が陰に陽に絶えず付きまとい、それがためもあってか権力の膨らみは勢いついて凄まじく、寛永十五年（一六三八）十一月には老中の上位、大老にまで登りつめている。そしてその執政《しっせい》のかたちに対しては、「意地悪」「策士《さくし》」「非情」「老獪《ろうかい》」などと、厳しい視線がおそるおそるだが注がれ続けた。しかし一面において非常に有能であり熟慮家でもあった大老土井利勝に対しては下位の者の「妬《ねた》み」や「嫉《そね》み」が明らかにあって、それがため「意地悪」「策士」「非情」「老獪」などと評される表舞台へは、利勝は決して積極的に自ら顔出しすることはなかった。そのことを詳細過ぎるほど詳細に学び知ってきた宗次は、だからこそ多くを語らず頷くだけとしたのである。なに気ない過去への執政批判の一言が歪《ゆが》み伝わり回って、そのあげく絵仕事で自分とかかわってきた数少なくない大名旗本家に思いがけない迷惑が及ぶかも知れないからだ。

宗次と美雪の歩みは、枝という枝に小さな球形の青い実を鈴生《すずな》りにさせているあの樹木へと、次第に近付きつつあった。

「兄上様が大坂城御目付の御役目を終えて江戸へ帰参なされるのは何時《いつ》頃かの目処《めど》は、立っているのでござんすか」

「予定されておりました帰参の日は、もう三月《みつき》も過ぎております」

「なんと、それはまた……」

「御老中様のご支配下にございます大坂城御目付は、三月六日及び九月六日の半年ごと交替制が原則となってございます。兄貞宗は大坂御城代太田《おおた》摂津守資《せっつのかみすけ》次《つぐ》（寛永六年・一六二九～貞享《じょうきょう》元年・一六八四）様に大層お気に入られたとかで、御老中土井能登守様に対して御役目任期の無期限延長願が出され、御老中合議によりそれが承認されたようでございまする」

「そういう事がございやしたので……確かにお屋敷にとっちゃあお淋しゅうございやすね。しかし兄上様のこれからにとっちゃあ、大坂御城代に大層気に入られたってえのは結構な事ではござんせんか。六千石西条家のためにも有難いことでござんすよ」

「はい。父も宗次先生と同じようなことを申しておりました」

「お、此処まで来てしまいやしたか。ほれ、ご覧なさいやし美雪様。あの鈴生りの実を付けておりやす木を」

「まあ……」

美雪は目を見張った。当たり前の驚き様《よう》ではなかった。それまで全く気付かなかったことを、いきなり教えられたかのような大きな驚き様《よう》であった。

「はじめてでございます。この木がこのように実を付けましたのは」

「はじめて？」

「はい。この木は亡き祖父が若い頃、屋敷に出入りの植木屋『植仁《うえじん》』の先代から貰ったものと父から聞かされたことがございます」

「だとすると、相当な樹齢でござんすね」

「少なくとも数十年は経っておりましょう。けれども私《わたくし》は、この木がこのように実を鈴生りにさせたところを一度として見たことはございませぬ。おそらく父も大層驚くことでございましょう」

「この木は赤榕《あこう》といいやして、桑《くわ》の親戚《しんせき》のような木でございやすよ」

「父もそのように申しておりました。であるのに一向に花も実も付けぬとはそれ自体が不思議なことじゃとも」

「普通なら毎年、春の終り頃にはこうして『花のう』という青い球形の実をびっしりと付けやす。そして真夏になりやすとね、この実が淡い紅色に熟しやして『果のう』といわれる実《み》になるのでござんすよ」

宗次は右手の指先で左の掌《てのひら》に「花のう」と「果のう」を書き分けてみせた。

「そうでございましたの。宗次先生は木のことにも随分とお詳しいのでございますね」

美雪はこうして宗次先生と間近で話を交わせることが嬉しくてたまらない、という様子で微笑《ほほえ》んでみせた。

「と、いうことは美雪様。この赤榕《あこう》はそれこそ数十年ぶりかで実を付けたのかも知れやせん。西条家の御先代様（美雪の祖父）も若《も》しか致しやすと、このような実生《みな》りは御覧になっていらっしゃらなかったのではと思われやすね」

「ええ。私《わたくし》もそのように思います」

「これは西条家の優曇華《うどんげ》でございやすよ、きっと」

「仏の世界で三千年に一度しか花を咲かせないと申しまする、あの神仙の木でございますか」

「左様。まさしく神仙の木でござんすよ。美雪様と私《あつし》の目の前にありやすこの木は」

「縁起《えんぎ》のよい木、と捉えて宜しゅうございましょうか宗次先生」

「三千年に一度、優曇華が花を咲かせやすと、金輪王《こんりんおう》（仏界の四天下《してんか》を治める聖王）が現われるとも、如来《にょらい》（仏・釈迦《しゃか》如来）が人の姿となって現われるとも伝えられておりやす」

「あ……」

「どう致しやした」

美雪は美しく微笑みながら涼しい目で宗次を見つめた。

「私《わたくし》はいま、ようやく納得が出来ましてございます先生」

「納得?」

「宗次先生は私《わたくし》にとって、きっと金輪王に相違ございませぬ。そう思うこと に致します」

「ははは っ、これはまた思い切ったことを仰いやしたね。美雪様がそう思いなさいやすことで本来の気力と自信を取り戻されるなら、この宗次、金輪王にも如来にもならせて戴きやしょう」

「先生。書院桜の真下へ参りましょう。私《わたくし》は金輪王様と共に桜吹雪を一身に浴びてみとうございます」

「判りやした。そう言えば、気のせいか先程よりも桜の散り様《よう》が激しくなったようでござんすね」

宗次が先に立って庭道を書院桜の方へ戻り出すと、半歩ばかり遅れて従う美雪の右の手が、宗次の左袖の隅《すみ》にそっと触れた。まるで宗次に気付かれるのを困るかのように、控えめに。

「宗次先生……」

「はい」

「今日は私《わたくし》、宗次先生の真《まこと》のお姿のひと端《はし》を胸の内に納めることが出来たようで、とても気持が安らいでおります」

「この宗次、美雪様に対して、真《まこと》でない姿で接したことは一度としてありゃせんが」

「でも……今日は特別にはっきりと真のお姿のひと端を知ることが出来ましてございます」

「……………」

「先生は先程、私《わたくし》に対して『左様……』というお言葉を用いてお答えになられました」

あ……と宗次は一瞬ではあったが頭の中で慌て、そして口元に小さな苦笑《にがわら》いを浮かべた。顔は正面に向けたままであるから、半歩ばかり後ろに控えている美雪には、宗次のその苦笑いは窺《うかが》えない。

「ふふっ……」と美雪が含み笑いを微かに漏らして言葉を続けた。

「武士が口に致しまする『左様……』には、特有の響きがございます。父や兄が屋敷を訪ねて見えられました御上司あるいは同輩の方方を相手として用います『左様……』を、私《わたくし》はよく耳に致して参りましたゆえ、何となく判るのでございます」

宗次は美雪の言葉に答えも頷きもせず黙って聞き流した。

「でも私《わたくし》は宗次先生の真《まこと》のお姿がどのような御方であろうとも、もう宜しいのです。私《わたくし》の目の前に立って下さるお姿こそ、いつの場合であっても、どのような場所であっても、真《まこと》のお姿であると思うように致しますゆえ」

美雪はそう言うと、宗次の袖に触れていた手を放して肩を並べた。

二人のまわりに舞い散る花吹雪《はなふぶき》が、それこそ白い小蝶の戯《たわむ》れのようであった。

二十三

侍女の菊乃の勧めもあって『美雪様の御居間』で昼餉を銘酒と共に御馳走に

なった宗次が、「父が戻りまするまで屋敷にお止《とど》まり下さいませ」と願う美雪をやさしく諭《さと》して屋敷を辞したのは、夕七ツ頃（午後四時頃）であった。

ときに菊乃も加わって交わした話題は、茶道のこと、浮世絵のこと、「優曇華」の花や書院桜のことなど、明るい話に終始した。美雪と菊乃が訪ねて既《すで》に目にしている筈の八軒長屋のことについては、遂に一言も二人の口からは出なかった。宗次の人気と現実の住居《すまい》の余りの質素さに、余程に驚いたからであろうか。

「旗本八万通」を、宗次はいささかの酔いも手伝って、ゆったりと気持のよい足取りで八軒長屋方向へと向かった。

右手すぐ先に、「新番頭」旗本二千石前澤修利之助《まえざわしゅりのすけ》の屋敷と宗次が承知している長屋門が見えてきた。その屋敷の土塀が尽きる端角あたりに見え隠れしているのが、公儀辻番《こうぎつじばん》（公儀御給金辻番）であることについても宗次は承知している。

「新番」とは幕府番方（近衛兵）勢力の一つである。組織は「大番」を筆頭に置く五番勢力（大番・書院番・小姓組番・小十人組・新番）の中で最小の組織であり、「大番」のみが老中支配下にあるのに比し、その他「新番」に至るまでは若年寄支配下であった。

「新番」の任務は日常は江戸城本丸に詰め、将軍が社参や霊屋《れいおく》（徳川家の御霊《みたま》を祀る建物）などへ出かける際には前方の警備に当たる。

なお辻番には「公儀辻番」の他に、大名が邸宅周辺に自力で設ける「一手持《いってもち》辻番」、大名と旗本が共同で設ける「組合辻番《くみあいつじばん》」などがあって、「公儀辻番」は幕府の財政事情《ざいせいじじょう》宜しくないこともあり、その数を「減らそうか」という傾向にあった。

年間に人件費や油代などで一辻番当《いちつじばんあ》たり二十両近くは要《よう》し、現在約九十か所にある「公儀辻番」の年間経費は、単純に算盤《そろばん》勘定しても千八百両前後ということになる。

だが辻番はその名の通り「道道《みちみち》の辻斬りを番する」ための詰所、という役割を負っていることもあって幕府としても一気に廃止する訳にはいかなかった。

宗次の足が前澤修利之助邸の表御門と向き合う位置で止まった。この屋敷の仏間の襖には、信心深い奥方に乞《こ》われて観音菩薩《かんのんぼさつ》像を描き上げた宗次であった。それから既に二年半が過ぎており、宗次の足もいつとはなし遠のいている。

「お元気でおられるのであろうか……」

奥方の顔を思い浮かべつつ宗次は侍言葉で呟いた。

と、このとき宗次は左手方向の視野の端で、頻《しき》りに腰を折っている人物がいるのに気付いた。

その方へ視線をやると、柳並木の陰に見え隠れしていた公儀辻番所の前で、六尺棒を手にした老爺が「どうも……」といった感じの笑みを見せ、尚も腰を折っている。腰には鍔無しの短刀を帯びているではないか。

「やあ……」と、宗次は軽く手を上げてみせてから、前澤邸表御門の前から離れた。

六尺棒を手にしている老爺は、どう見ても六十は半ば近くに見える。

「どしたんだえ橋造《はしぞう》さん」

老爺は路地を隔《へだ》てて八軒長屋と背中合せに建っている通称「井戸無し長屋」の住人だった。井戸が無いから水が無い。水が無いから台所も無い。つまり土間と板の間があるだけの十軒長屋で、大店や料理茶屋へ下働きとか台所手伝いで通っている者が住んでいた。昼飯と夕飯はささやかだが勤め先で出るし、残り湯まで待てば風呂にも入って帰れる。

夜中に飲みたくなる水程度なら、土間の小瓶に貰い水を満たしておけばすむ。気楽な独《ひと》り暮らし用の「井戸無し長屋」であった。

「これはまた意外な所で会っちまったが橋造さん。神楽坂の料理茶屋『きはら』の台所手伝《まかない》いはどうなっちまったんだい」

「神楽坂の主《ぬし》みてえな宗次先生が、知らなかったのかえ。『きはら』は建物が古くて狭いってんで、いったん取り壊し、それまでの倍近えでかい店に生まれ変わるんでさあ」

「それはまた……確かに『きはら』はよく繁盛《はんじょう》しているってえからなあ」

「建て替えの期間中は、私《あつし》らのような下働きの者《もん》にゃあ御手当なんぞ出やしねえから困っていたら、大番頭《ばんとう》さんが店を贔屓《ひいき》にして下さっている大身御旗本に手をまわして下さり、十日ほど前《めえ》にこの仕事が見つかったんでさあ」

「見つかったって言うけどよ橋造さん。此処は天下の公儀辻番所だぜい」

「にもかかわらずよう先生。皆《みんな》いやがって辻番所詰めの仕事なんて引き受けてくれねえ御時世らしいんだわ。辻斬りがヌッと現われた日にゃあ、腰を抜かしてしまわあってね」

「で、この番所には何人が詰めているんだえ」

「今んとこ私《あっし》が一人だけ」

「な、なんだってい……ここは町家《まちや》の治安を司《つかさ》どる自身番屋とか木戸番屋じゃねえんだ。ちゃんとした二本差しの若党くれえは詰めてねえと、公儀辻番所の名が泣くぜい橋造さんよう」

「んなこと儂《わし》に言ったたって埒《らち》が明《あ》かねえやな先生よう。来てみたら儂《わし》ひとりしかいねえし、ま、手当も悪かあねえから、『きはら』の建物が出来上がるまで辛棒《しんぼう》すらあな」

「それにしても、なんてえ意識の低さだよう、幕府ってえのは」

宗次は首をひねると、眉間に皺《しわ》を刻みながら、袖の中から小粒を二つばかり取り出して老爺の手に摑ませた。

「いいかえ、橋造さん。日が沈んで辺りが暗くなったら番所の中に入って戸をしっかりと閉じ、下手に界隈を見回ったりしねえこった。宜しいかえ」

「そ、そうだねい」

「でよ。明日になったら、その小粒で朝昼《あさひる》に好きな物《もん》でも、たらふく食ってくんない」

「すまねえな先生。遠慮なく頂戴しときやす」

「うん……」

宗次は老爺の肩をポンと叩いてやると、小さな溜息を吐《つ》いて離れていった。

このところ生活に窮した浪人による辻強盗が多発し、死者も出たりして江戸の治安の乱れは著しかった。懸念《けねん》されるのは、単独犯行から集団犯行へとその犯罪形態が次第に変わってゆきつつある、ということである。幕府が警戒しているのは、その犯罪形態への変化が、いつ何時《なんどき》、過激な政治的暴走(テロ)につながるか知れないという点であった。

にもかかわらず、料理茶屋の下働きの老爺に「公儀辻番」を任せるような現実の体《てい》たらくである。

「時代の流れと共に、侍の世はますます崩れてゆきやしょうぜい」

ぽつりと呟いて、暗い表情になる宗次だった。米《こめ》に依存するいわゆる「米経済」の国家経営が破綻《はたん》の様相を深めつつあることは疑う余地もない。

しかしながら、米中心の経済から脱却しようとする具体的政策を何一つ持たない幕府であり、真剣に研究しようとする強力な役所の創設すら思いついていない。

「町人経済がぐんぐん頭角を現わしてゆくだろうぜい。このままだとよ……」

呟いて宗次は、二つ目の辻を右へ折れ「旗本番町通《はたもとばんちようどおり》」へと入っていった。

それまで晴れていた晩春の空に灰色の雲が広がり出して日が陰り、一気に夕闇が訪れたようになった。

「酔いが醒《さ》めちまったい……」

春雨に降られちゃあたまらねえ、と宗次は小駆けとなった。

が、その歩みはすぐに緩んで、畳一枚ほどもあろうかと思える潜り門（脇門）を左右に持つ宏壮な造りの平唐門《ひらからもん》（水門《すいもん》とも）を眺めた。その古さから見て二十年以上も昔の明暦《めいれき》の大火《たいか》（振袖火事、明暦三年・一六五七）を免《まぬが》れた〝奇跡《きせき》の門〟であることは明らかである。

「ふた昔前《めえ》の大身旗本家の屋敷門てえのは、さすがに堂堂たる構えだねい」

宗次が感心する通りであった。瓦葺破風《はふ》屋根の流れの芸術的な美しさ、巨木を丸柱門柱（水門柱とも）としてそのまま用いた凄まじいばかりの圧倒感、騎馬二頭が全力疾走のまま屋敷内へ入れそうな巨大な両開き扉、その扉の四隅《よすみ》をがっちりと嚙んでいる頑丈な鉄板と留打鋲《とめうちびょう》。まさしく旗本全盛時代、いや武家全盛時代を象徴する華麗にして豪壮な屋敷門であった。

そして、この屋敷門こそ、老中支配下にある御側衆《おそばしゅう》・旗本七千石本郷甲斐守清輝邸の表御門だったのである。

老中支配下にある筆頭の地位・役職は、直接将軍に接してその日常の全てを補佐する「御側御用人」だ。この「御側御用人」の下には八名の「御側衆」が控えており、この「御側衆」の中から「御側御用人」が取り立てられるのである。したがって、老中支配下にあるとは申せ、日日将軍に直接接している「御側御用人」には老中、若年寄を圧する威風があり、「御側衆」もまた然《しか》りであった。

この「御側御用人」に「御留守居」（将軍不在時の城の守りの総責任者）、「大番頭」を加えた三職を「幕閣三臣」と称した。名族の代名詞でもある「高家《こうけ》」は宮中、公家《くげ》との交際広く、また武家礼式の指導的立場にもあって〝格〟は諸氏諸侯の上に見られていたが、政治的実権は殆ど無いと言ってよく、「幕閣三臣」に加えて四臣に入れるには力量不足だった。

宗次の足が、本郷邸の長い白塗りの築地塀《ついじべい》に沿うかたちで、再び小駆けとなった。

「それにしても長い塀だねい。権力をそのまま表してらい」

ふん、と小さく鼻を鳴らした宗次の頬に、冷たいものが当たり出した。

「いけねえ。降り出しやがったい」

と、宗次の足が速くなる。空はすっかり雨雲に覆われて、まさに夕闇が訪れたかの如くであった。

このときであった。本郷邸の平唐門の瓦葺破風屋根の稚児棟《ちごむね》（門屋根《もんやね》の端の位置）から、築地塀の瓦屋根の上めがけてひらりと飛び移った黒い影があった。

その影が、築地塀にかぶさる瓦屋根の上を、まるで猫かと見紛う身軽さで宗次の後を追い出した。上体を低く巴瓦《ともえがわら》に吸い付かせるようにした流れるような追い方だ。そして、全身黒ずくめ。
巴瓦とは、築地塀の上を両流れ（邸内側と表通り側）で山型（へ型《やま》）にかぶさってい
る瓦屋根、これの「頂線《いただきせん》」を跨《また》いでいる牡瓦《おがわら》（丸瓦とも）のことである。この
巴瓦が無いことには、雨が降ると「頂線」から両流れ瓦の内側へと水が染み込
んでゆく。
宗次は尾行されていることに、全く気付いていないのか？
突如、薄暗い空に数条の稲妻が走り、ひと呼吸と置かぬ内に大鳴動が天地を
覆った。
「くわばら、くわばら……」
と、首を竦《すく》める宗次の間近な前方へ再び、バシーンと異様な音を轟《とどろ》かせて
閃光が落下。それが坂道の向こう下へと一直線に走り、辺りが一瞬だが真昼と
なった。
舌を打ち鳴らした宗次は、その坂道を下るのを止し、「かえって危ねえかな
……」と呟きながら、すぐ右手そばの恋路稲荷《こいじいなり》の大きくはない鳥居を潜った。
玉石を敷き詰めた十五、六間《けん》ほど先（一間《けん》は一・八二メートル）に小さな祠《ほこら》があり、

その後背はよく育った青竹の林である。

竹林の中にも玉石を敷き詰めた〝裏参道〟と呼ばれている小道があり、その緩い坂道を下って小旗本の屋敷通りを抜けると、ようやく神田のひと隅に出る。

宗次が恋路稲荷の祠の前に佇み、手を合わせると、またしても夜空と言っていい程に暗くなってしまった空に、春雷が斜めに走って下界が燃えあがるような色に染まった。

そして、元の薄暗闇。

恋路稲荷がこの地にいつ頃から在《あ》るのか誰も知らなかった。しかし、なぜか不思議な言い伝えだけは江戸の人人の間、とくに女たちの間にしっかりと広がり伝わって、知らぬ女性《もの》はないと言われている。

ある年のある夜、女衒《ぜげん》（女郎宿奉公の手引をするワル）に引き立てられてこの辺りまで来た武蔵国《むさしのくに》の貧しい百姓の十七になる美しい娘が血を吐いて倒れたという。村で最も美しいと言われていた娘を騙し手口で此処まで連れ出してきた女衒は何としても吉原遊郭《よしわらゆうかく》まで連れていって高く売り飛ばしたいから、引き摺《ず》ってでも連れて行こうとする。美しい娘は血を吐きながら薄れゆく意識のなか、「この世に本当に神様がいらっしゃるなら、どうぞ私をお救い下さい。お救い下されたなら私の一身は神様に捧げます」と必死で祈願。すると青竹の林の中から現われた一匹の真っ白な牡狐《おぎつね》が女衒の首に飛びかかって噛み殺してしまった。その途端《とたん》、美しい娘は真っ白な牝狐《めぎつね》となって牡狐の妻となり、この青竹の林に棲《す》みつき、この界隈の貧しい女性《おんな》たちの守《まも》り狐《ぎつね》になったという。

その真っ白な牡牝狐《みょうとぎつね》の絵を昨年、宗次は竹林の坂の下にある小さな禅寺「光明寺」金堂の襖に描きあげていたのだった。

長い合掌を終えて宗次は面《おもて》を上げ、そして振り返った。

また稲妻が空を引き裂いた。雷鳴は無い。

その一瞬の閃光のなか五、六間《けん》離れた所に、黒い影が一つ左手を腰の刀に当てて立っていた。

宗次がべつに驚く様子もなく、全身黒ずくめの相手を無言のまま見つめる。

続けざまに再び稲妻。音無き稲妻であった。

いつ動いたのか、どちらが動いたのか、双方の間が四、五間に縮まっていた。

相手も、腰の刀に左手を当てたままの姿で無言。無腰の宗次はすらりと立ったまま身構えようともしない。

雨はしとしとと降り続いている。

すると二人の頭上の雲が切れて、白い満月が覗き、無数の絹糸が天から降り下がっているかのように雨が輝き出した。

宗次が暗い空を仰いで、ようやく重い口調で言葉を吐いた。

「見なせえ。真夜中でもねえのにこの空の暗さ。真夜中でもねえのに真っ白な満月……牡牝狐《みょうときつね》様が怒っていらっしゃる」

黒装束は答えなかった。答える代わりに、ゆっくりと静かに腰の大刀を抜き放った。真夜中でもない空に浮かぶ満月の明りを浴びた黒装束の刃が氷のような光沢《こうたく》を放つ。

それでも宗次は、すらりと立ったまま微動だにしない。

右手にだらりと刀を下げたまま、相手も上段に構えるでも正眼に構えるでもなかった。目の部分だけを横に細く割《さ》いた黒覆面は、そ奴の顔全体の輪郭を宗次に殆ど想像させない。

宗次に判るのは、相手の体格が自分とほぼ同じ程度か、という事くらいであった。その体格の人物を宗次は一人見知っている。廣澤和之進である。だが「廣澤和之進ではない」と宗次が断定できる目の前の黒ずくめの特異な印象だった。

特異な……とはつまり、忍び、を意味していた。

宗次がこ奴の気配を捉えたのは、祠に向かって長い合掌を終えたその瞬間のことである。

それまで宗次は全く尾行されていることに気付かないでいた。

「無腰の私《あっし》を、しかも町人の私《あっし》を斬るってんですかえ。辻斬りさんよ」

「……………」

「いま私《あっし》の銭入れにゃあ、一文の銭も入っちゃあいやせんぜい」

「……………」

無言のまま、ジリッと間を詰める黒ずくめであった。月下で絹雨《きぬさめ》を浴び、宗次の目をじっと見据え、そして宗次の動きに用心している気配がありありだ。

と、いうことは、宗次の腕が並並ならぬものであることを知っている、という理屈になる。

黒ずくめが遂に正眼構えをとった。

（こいつあ凄い……）と、宗次は胸の内で舌を巻いた。

しかし宗次は「ん？」と思った。一分の隙《すき》も無い相手の見事な正眼構えであったが、にもかかわらず殺気を全く放っていない。漂わせているのは、深い静けさであった。濁っちゃあいねえ、透明だい、と宗次が感じるほどの静けさだった。

「斬る気がねえんなら、刀を鞘に納めてくんない」

「……」

「お前《めえ》さん、駿府城御庭忍び『葵』じゃあござんせんかい」

「……」

無言の相手は、宗次の真っ直ぐ過ぎる問い掛けに微塵も精神《こころ》を揺らせることはなかった。濁り無き透明な静けさを維持し続けている。

「どうやら生半《なまなか》でねえ修行を積み重ねてこられやしたねい。町人ひとりを斬ろうかってえときのその落ち着き様《よう》。気持悪いくれえに、私《あっし》のような剣術の素人《しろうと》にも、お前《めえ》さんの凄みの中身ってえのが判りまさあ」

宗次は、用心しながら、ゆっくりとした調子で喋った。

すると相手に変化が生じた。見事な正眼構えを解いて、刀を鞘に納めたではないか。

そして、ひと言も発することなく、宗次に背中を向けて去り出したのだ。

宗次はその背に向かって、止《とど》めの積もりで一言《ひとこと》を放った。

「お前《めえ》さん、『葵』を統括なさいやす筆頭与力……じゃあござんせんかい?」

まさに止めの一言であった。相手は足の動きを休め、左手を鯉口へと運びつつ振り返った。が、矢張り深い静けさは失っていない。

それゆえに宗次は思わず圧倒されて、一歩を退がった。

優れた忍びを相手としたとき最も警戒しなければならないのは、〝静《せい》〟から〝動《どう》〟への「激変」である。四、五間《けん》をそれこそ風の如く一気に迫ってくるから油断は出来ない。

ところが相手ははじめて口を開くや、意外にもこう言ったのである。どっしりとした、重い口調で。

「宗次先生。是非とも近日、一席設けさせて戴きたい」

宗次は息を止めた。いや、止められた、と言うべきかも知れない。聞き間違いではなかった。相手は確かに「一席設けさせて戴きたい」と言ったのだ。

またしても月が厚い雨雲に隠されて、夕闇以上に濃い暗さが辺りに覆いかぶさり二度の稲妻のもと、すでに相手の姿は宗次の前から消え去っていた。

相手は本当に「葵」の筆頭与力であったのか？　だとすれば、相手が「宗次先生……」と言ったことも頷ける。

宗次は刀商百貨「対馬屋」の庭で「葵」を相手としたとき「浮世絵描きを生業《なりわい》としておりやす宗次……」という意味のことを対決した忍びどもに告げている。

それだけではない。「住居《すまい》は鎌倉河岸の八軒長屋……」とまで教えてしまっているのだ。

「それにしても、『葵』ほどの忍びの頭《かしら》が『一席設けさせて戴きたい』とは一《いっ》体《てえ》どういう事でえ」

宗次は小雨降る中に立ち尽くして首をひねるしかなかった。普通、一席設けたいと言えば酒席を指す。それも薄汚れた居酒屋を指して「一席……」などと両刀を腰に帯びた者は言わない。少なくとも小料理屋の小座敷か、「一席……」を口にした者や格によっては高級料理茶屋あたり、という事にもなろうか。

「酒ならいつでも付き合いやすぜい。お頭殿《かしらどの》」

宗次は呟いて、裏参道のある青竹の林へと入っていった。

二十四

小雨を避けたいこともあって途中の行きつけの饂飩《うどん》・蕎麦《そば》屋「月庵《げつあん》」で月見《つきみ》饂飩《うどん》（玉子うどん）を肴《さかな》に、酔《よ》い覚《ざ》めの体へ二合ばかり流し込んだ宗次は、店が客で混《こ》み出す刻限だというのも忘れて考え込んだ。

（一席設けてえ……とは何を意味しやがるんでい。こちとら、『葵忍び討手組《うちてぐみ》』の組頭《くみがしら》武田一心斎を入れて既に五名も斬り倒しているんでい。〝あ奴〟から酒を馳走になる理由なんぞねえやな……）

胸の内で同じことを幾度か呟いて、「ふむう……」と腕組をする宗次であった。

「何か悩みごとですかえ宗次先生。さ、あと一本。これで元気を出しなせえ」

額《ひたい》に手拭《てぬぐ》いを捩《ねじ》り鉢巻《はちま》きとした五十半ばくらいの男が、そう囁きながら銚《ちょう》子《し》を一本、コトリと音をさせて宗次の前に置いた。

宗次が我にかえると、五十半ばくらいの男は宗次の肩を軽く叩いて笑顔を残し、直ぐ右手の調理場の中へと消えていった。

主人《あるじ》の八呂平《はちろべえ》だった。もと貧乏御家人だったとかの噂もある、滅法《めっぽう》人の善《よ》いとっつぁんで、宗次が大好きな善人の内の一人だ。

椅子《いす》から腰を浮かして中腰となった宗次は、縄暖簾の間から調理場へ顔を突っ込み、「あんがとよ、とっつぁん」と小声で礼を言った。

湯の中で泳いでいた真っ白な麵《めん》を竹編《たけあ》みの笊《ざる》で掬《すく》いあげた八呂平が、黙ったままニッと笑みだけを返した。

八呂平の脇にしゃがんで竈《かまど》の火加減《ひかげん》を見ていた女房の倫《りん》が、顔を宗次の方へ向けると右手の親指と人差し指を使って、鮮《あざ》やかに小魚《こざかな》（鰯《いわし》）と判る絵を、竈《かまど》の炎《ひ》で赤く染まったにこやかな顔の前に描いてみせた。

宗次が笑顔で深深と頷き返すと、倫は腰を上げた。

倫は口が利《き》けなかった。年齢《とし》は五十前後くらいに見える。細身の短刀か何かで貫かれたような傷痕《きずあと》が喉頸《のどくび》にあって、それが原因で声が出なくなったようにも思われるのだったが、「月庵」を贔屓《ひいき》にする客たちは誰もそのことには触れない。

皆、主人夫婦《あるじふうふ》の人柄とこの店の味が大好きなのだ。

倫が鰯の煮付けを小皿に盛って調理場からそっとした感じで現われ、小皿を宗次の前に置くと直ぐにまたそっとした感じで調理場の中へと消えていった。

倫が、口が利けないことを引け目に感じていることは明らかだった。調理場から出てくることは少なく、客と接することを極度に控えているように思われた。それを心配してかどうか不忍池《しのばずのいけ》の畔《ほとり》にある小料理屋の十九になるひとり娘が二、三日に一度は「月庵」を手伝いに訪れる。

親類筋らしいのだが客の誰も詳しいことは知らないし、根掘《ねほ》り葉掘《はほ》りの関心を持つ者もいない。要するに「月庵」の主人夫婦《あるじふうふ》の人柄がよくて、出される麵類ほかの料理が旨《うま》ければそれで満足、というのが客というものなのだろう。

宗次にしても、そうだった。

「さてと……」

宗次は腹まわりをひと撫ですると、空《から》になった丼《どんぶり》の下に小粒を置いて立ち上がった。「月庵」では何を飲食しても宗次が支払うのは、いつも小粒一枚である。さほど大食漢でも大酒飲みでもない宗次であるから小粒一枚は余りにも払い過ぎだったが、これが「月庵」を知って六年目になる宗次の習慣《しきたり》となっている。宗次にそのようにさせる、主人夫婦《あるじふうふ》の人柄であり、料理の味であった。

「月庵」を訪れた客は皆、壁と向き合って椅子に腰を下ろすことになる。店土《みせど》間《ま》の壁三面に沿って食台（カウンター）がコの字型に設《しつら》えられているからだ。その食台に沿うかたちで椅子（といっても醤油樽をひっくり返したもの）が二十ばかり並んでいる。満席で座れない客のために、コの字の真ん中《まなか》には小床几《こしょうぎ》が二列並んでもいた。宗次がよく座るのは、調理場の出入口そば、食台の一番右の端である。

「また来るよ、とっつぁん」

「ああ、きておくれ」

短いやり取りを済ませて、宗次は「月庵」を後《あと》にした。

外にはすでに夜の帳《とばり》が下りており、しとしと降りだった春雨はいつの間《ま》にか止んでいる。

が、月は雲に隠され、墨色の闇が広がっていた。月が出ない江戸の夜は、とにかく暗い。

「降ってくれるなよ」

と、宗次は勝手知ったる道を八軒長屋へと小駆けで急ぎながら、「公儀辻番」の臨時雇い（アルバイト）に就《つ》いた「井戸無し長屋」の橋造の顔を思い浮かべた。

（気を付けねえよ爺《と》っつぁん。辻斬りは、今夜のような夜が危ねえんだ。とくに武家屋敷の通りはよう）

橋造の無事な勤めを祈って胸の内で呟いた宗次の頭上で、西から東に向かってビカッと稲妻が走った。

雷鳴は無い。

町家《まちや》の角を小駆けで左へ折れた宗次の目が、半町《ちょう》ばかり先、居酒屋「しのぶ」の赤提灯を捉えた。男と女の賑わう声が、ここまで聞こえてくる。「しのぶ」は今宵も大繁盛のようだ。

「今夜は満腹なんでい。悪いが失礼させて貰うぜい」

宗次は、「しのぶ」の前を小駆けのまま通り過ぎた。

杭《くい》二本が突っ立っただけの八軒長屋の長屋口を入って、宗次の足がようやく緩んだ。向き合った八軒、あわせて十六軒のうち明りを長屋路地に漏らしている家は、ほんの三、四軒だ。安い鰯油の行灯だから、青魚の匂いを長屋路地にまで漂わせている。

我が家の手前まで来て、宗次の足がゆっくりと歩みを止めた。表口の腰高障子が開《あ》いているではないか。半開《びらき》とか、三分の一開《びらき》とかではない。「どうぞ、お入りなせえ……」と言わんばかりに、きちんと開《あ》いているのだ。

行灯の明りは、点《とも》っていない。

（まさか……）

と、宗次は思った。家の中に誰かがいる、という確信のような〝手ごたえ〟があったにもかかわらず、その〝手ごたえ〟を全く感じないのだ。筋の通り難《にく》い妙な形容の仕方が許されるとしたなら、そうとしか言い様《よう》のない感じであった。

と、家の中のそ奴も宗次の気配を捉えたのかどうか、行灯の明りが点って、外に漏れたその明りが「おいで、おいで……」と言わんばかりに、ぽっぽっぽっと揺れた。

宗次の口元が、ここにきてニヤリとなった。相手が何者であるか判ったのであろうか。

宗次は我が家へと近付いて行き、そして表口に立った。

行灯を左手脇に、大刀だけでなく小刀までも右脇に置き並べ、きちんと正座をしている人物がいた。右利きの者が刀を右脇に置くということは、咄嗟《とっさ》の攻撃たとえば瞬時の居合抜刀はし難《にく》い。

つまり「危害は加えません」と相手に伝える武士の作法でもあった。

そ奴が右利きであることを、宗次はすでに把握している。

宗次は家の中に入ると、相手から、とくに相手の右手から視線を逸らすことなく表口の障子を静かに閉じた。

「是非とも近日、一席設けたい、ってえのは、こういう事でござんしたかえ」

「無断で上がらせて貰った。わびる」

そう言って頭を下げた――意外にも丁重に――のは、全身黒ずくめのままの、あ奴であった。

「そのような形《なり》を長屋の者《もん》が見やしたら、大騒ぎとなりやしょう。誰も入《はい》れねえよう、表口障子に突《つ》っ支《か》い棒をさせて戴いてよござんすか」

「構わぬ。手間をかけるな」

「なあに」

宗次は矢張り黒ずくめの右手に用心しながら表口障子に、備えの突っ支い棒をした。いつもなら、殆ど用いることのない突っ支い棒である。

「左手を動かすが、よいな」

「どうぞ、ご自由になさいやし」

黒ずくめは、宗次の位置から見て行灯の陰に隠れて見えなかった酒樽を、自分の前に移した。

「灘《なだ》の『舞姫《まいひめ》』を持参致した」

「ほほう。これはまた『舞姫』とは、灘の最高峰ではござんせんか」

「その方、酒には詳しいのか」

「町人てえのは、酒には詳しいもんでござんすよ。とくに銘酒ってえのは、飲みてえな、手に入れてえな、ってえ目で眺めやすからねい。いわゆる探求心《たんきゅうしん》てえのが、旺盛《おうせい》になりやす」

「ま、向き合《お》うて座ってくれ宗次先生。こういう現われ方、気に入らぬであろうがな」

落ち着いた黒ずくめの様子であった。心の静けさを思わせる喋り様《よう》でもあった。

「その前に、ちょいと失礼させて貰いやす」

宗次は相手に断わって忍びの変わり身の速さに用心しつつ後ろへと回り、簞《たん》笥《す》の前に立った。簞笥の中には江戸の刀匠で最高位にある対馬屋作造（柿坂作造）が二年の歳月をかけ、それこそ己れの老いの命を賭けて鍛え拵えてくれた「宗次対馬守作造」など、幾振りかの銘刀が納まっている。留守中に、若し何者かがこの簞笥の引き出しを開けたなら、それと判るように宗次なりの工夫が施されていた。

「箪笥は開けてはおらぬよ。水屋もだ。納戸《なんど》にも入ってはおらぬ。ただこの位置に座って大人しくお前を待っておっただけだ」

黒ずくめが穏やかに言い、「そのようでござんすねい」と宗次も言葉静かに返した。

「胡瓜《きゅうり》と茄子《なす》の古漬けくれえならありやすが、肴《さかな》にでもしますかい」

「漬物は好物だ。宗次先生が漬けたものか？」

「なあに。筋向かいに住む屋根葺職人のチヨってえ女房《かみ》さんがこの界隈では知られた漬物の名人でして、よく頂戴しておりやす」

宗次は水屋の前へと移った。まだ相手に対しては油断していない。

水屋だけは、留守中に入ってきた誰かが開け閉めしても、それと判るようには工夫されていなかった。長屋の女房《かみ》さんたちが出入りして、漬物や煮物を水屋へ入れておいてくれる好意が少なくないからだ。

宗次は漬物を盛った皿と箸《はし》を左片手で持って、黒ずくめの前に正座をした。

相手は胡座《あぐら》を組んでいる。その座り方がこちらを安心させるためだと判らぬような宗次ではない。正座と胡座を比較すれば、いくら鍛えあげた脚力を有する忍びではあっても、瞬発的動作の点では胡座の方が明らかに落ちる。両脚を十字に組んで尻《しり》を着床させる胡座は、体位《たいい》の変化には余計な体力と刻《とき》を要するのだ。

宗次が黒ずくめの前に漬物皿を置くと、相手は言った。

「私への警戒を解いてくれぬか。刀はお前に預けてもよい」

「その前《めえ》に酒を酌《く》み交《か》わす用意を、きちんとさせて戴きやしょう」

宗次はまた立ち上がって水屋の前へ戻ると、空《から》の三合徳利とぐい呑み盃を手に黒ずくめの方へ体の向きを変え、思わずそこで体の動きを止めてしまった。

黒ずくめの大小刀の位置が、いつの間《ま》にか変わっていた。微かな音も気配も宗次に感じさせないまま、さきほど宗次が正座していた前に横に二本並べられている。

宗次は何も言わずに、その大小刀の前に正座をし、ぐい呑み盃をお互いの前に置いた。あくまで油断していなかった。これまでの幾多の闘いの中で、優れた忍びの恐ろしさを嫌というほど味わってきた宗次である。

「私に入れさせてくれ」

と黒ずくめが右手を差し出したので、宗次はその手に空《から》の三合徳利を預けた。そして、目の前に横たわる大小刀に「酒の滴が落ちやすから」と言いつつ手を伸ばし、自分の右脇へと移した。

黒ずくめが黙って頷きながら、酒樽から三合徳利へと酒を満たしてゆく。

その三合徳利が二人の間に置かれたとき、何かを予感したかのように行灯の炎《ひ》がゆらゆらと揺れ出した。

「受けてくれ。痺れ薬などは入ってはおらぬ」

覆面から覗く二つの目だけで笑った黒ずくめが三合徳利を差し出したので、宗次は自分の前にあるぐい呑み盃を手に取ったが、それを相手の方へ差し出すのを躊躇《ためら》うようにして言った。

「恐れながら……覆面を取るのが、盃を酌み交わす作法であると存じあげやす。第一、覆面で口を隠していちゃあ、呑めますまいが」

「ふふっ。その通りよな」

「覆面の口の部分が開いていたとしても、余計に酒が不味《まず》くなりやさあ」

「うむ」

「せっかくの『舞姫』ではござんせんか。さ、さ、覆面を取ってしまいなさいやし」

「この覆面の下の私の顔を知る者は極めて数少ない。見知った以上は覚悟して貰わねばならぬぞ先生」

「二人で酒を呑もうと、此処へお見えになったのは、お前様のご意思ではござんせんか。私《あっし》がお招きした訳ではありやせん。ご自分のご意思でいらしておいて、今の言い様《よう》はありやせんでしょう」

「理屈は宗次先生の言う通りだ。しかし私は理屈を砕くのを常と致しておる。好むと好まざるとにかかわらず、私の顔を見知った者は事情はどうあろうと覚悟して貰うこととなる」

「そのような性根じゃあ、ご持参なさいやした『舞姫』が泣きやしょうぜ」

「私の申したことを拒否するには、方法は一つしかない」

「お聞き致しやしょう。その方法とは？」

「呑み終えたあとで私を倒すことだ。それしかない」

「……」

二人はここで、はじめて激しく睨み合った。お互いの目が、行灯の明りを吸ってぎらつく程の睨み合いだった。

かなり長い睨み合いであったが、「ふっ……」と小息を吐いて折れたのは、黒ずくめではなく宗次の方であった。

「お好きにしなせえ。さ、『舞姫』を受けやしょう」

宗次がぐい呑み盃を相手の方へいささかの勢いをつけて差し出すと、黒ずくめは「待て……」と言葉短く言い、手にしていた三合徳利を膝前に置いて、ゆっくりと黒覆面を取った。

「私の顔を見知っていようかな、宗次先生」

「いや、お初にお目にかかりやす。なかなか気位《きぐらい》がおありな、いいお顔立ちでございやすね」

西条家の御門前ですでに見知っている相手の顔であったにもかかわらず、宗次はさらりと言ってのけた。

「ふふっ。いいお顔立ちとは、いささか、こそばゆいわ。私の方《ほう》は宗次先生をよく存じておる」

「のようでござんすねい。余りいい気分じゃあございやせんが」

「その天才的な画才、繊細にして大胆な画風、物語性豊かな花鳥風月、そして鮮やかで巧み過ぎる多色技法、そのどれもに私は心酔しておるのだ」

「恐れいりやす」

「だからこそ、大番頭六千石西条山城守様のご息女美雪様の軸画を、宗次先生に描いて貰いたいと強く願《ねご》うておった」

「な、なんと……」

宗次は愕然《がくぜん》として相手を見つめた。ということは、覆面をとった目の前の黒装束は、御側衆七千石本郷甲斐守清輝の嫡男清継ということになるではないか。

まさしく、わが耳わが目を疑うしかない宗次であった。

「改めて名乗らずとも、よさそうだの宗次先生」

「本郷清継様……そして『葵』の筆頭与力……間違いござんせんね」

「間違いない。清継本人であり『葵』の統括者である筆頭与力だ……さ、受けてくれ」

宗次は相手――本郷清継――に促されて、銘酒『舞姫』をぐい呑み盃で受けた。

お互いの盃が満たされると、宗次は「素姓をお明かしになった以上、何の目的でこの貧乏長屋を訪ねて来なすったのか、打ち明けて戴きとうございやす」と言いながら、相手の盃にカチリと軽く触れ合わせ、一気に呷《あお》り呑《の》んだ。

本郷清継も、その勢いに従って盃を空《から》にした。

「私《あつし》に襲いかかってきやした葵忍びは、私《あつし》に対して『幕府の狗《いぬ》め……』と言い放ちやした。あれはどういう意味でござんすか」

「葵忍びの常套《じようとう》手段よ。敵の心状を激しく揺さぶるためのな」

「矢張りそうでしたかえ」

と、宗次は舌を打ち鳴らした。

「ま、狗め、の件はひとまず横へ置いておきやしょう。で、私《あつし》への清継様の本当の狙いは何でござんす？」

そう訊ねつつ、二口目を自分の手で盃に注ぐ宗次を、黒装束本郷清継は射るような眼差《まなざ》しで見据えた。

「西条家から、いや、美雪様から手を引いて戴きたい」

「それは一体どういう意味でござんすか。私と西条家、いや、美雪様とは、いかなる特別な関係もござんせんが」

「宗次先生にはなくとも、美雪様の心は微妙に揺れはじめておる。私には判る」

「判る？……はは〜ん、お前様。葵忍びの卓越した忍び業で、私《あっし》と美雪様が一緒に居るところ、たとえば私《あっし》が美雪様を西条家御屋敷までお送りする途中などを、尾行なさいやしたね」

「ならば、どうだというのじゃ。美雪様の微妙な心の揺れに思い当たる節《ふし》があろう」

「ござんせん」と、宗次は二口目を自分勝手なまま呑み干した。

「美雪様が駿河国田賀藩の御中老家である廣澤家の嫡男和之進に一方的に離縁された身であることを、知らなかったとは言わせぬぞ」

「それについちゃあ、存じておりやす。美雪様はお可哀相《かわいそう》にお心に傷を負い、それがためか、何をどのように眺め誰を精神《こころ》の頼りとして信じ接すればよいのか、迷いに陥っているようには感じやした。それ以上についちゃあ、この宗次、いっさい承知致しておりやせん」

「真《まこと》か」

と、本郷清継の眼差しが一層のこと鋭くなる。

「真《まこと》も何も……それよりもお前様にひとつ、お訊ねさせて戴きやす。此度《こたび》のお前様の動きは幕府最高の隠密機関とも誰彼に言われておりやす『葵』の公式な御役目ではありやせんねい。お前様は私《あつし》に対して私情《しじょう》で動いていらっしゃる。そうでございやすね」

「そのようなことを一町民だと自称する宗次先生に打ち明けなければならぬ道理など、どこにもない」

「そうですかい」

「もっとも、私は宗次先生が一町民だとは信じておらぬがな。一町民が私の右腕であった武田一心斎を倒せる訳がなかろう」

「ま、私《あつし》をどのように眺めて下さいやしても結構でござんすが、ともかく私《あつし》と大身のご名門西条家との間には、いっさい特別な関係はございやせん。これでも納得できやせんかい」

「判った。一応、信じると致そう。さ、もっと呑もうではないか」

「とてもじゃあねえが、呑める気分じゃあありやせんや。もう一つ、お前様にお訊き致しやす。武田一心斎ほかの手練《てだれ》を私《あつし》に向けて放ったのも、お前様の命令によってでござんすね」

「答えるつもりはない」

「それが答えになっていますさあ。美雪様を恋慕《こいした》うお前様は、私《あつし》の存在を邪推《じやすい》して私情で配下の手練を動かしやしたね」

「もう、それくらいにしておけ。さ、頼むから酒を付き合うてくれ」

「優れた忍びには、相手に最高の美酒を勧めてその脚腰の酔い加減を見計る見事なばかりの眼力がある、と誰彼から聞いたことがございやす。その上で一刀のもとに斬殺された者が、過去に多くいることでございやしょうねい」

「ふふっ、この『舞姫』が怖いのか」

「お前様の私情の方こそが、恐ろしゅうございやす。いとも簡単に配下の手練

を動かすことの出来る大きな権力。そして、私《あっし》の目の前で見せて下さってお
りやす何者をも恐れぬような平然たる態度。もしや御側衆七千石のご名門本郷
家と申しやすのは……」
「申しやすのは？」
「いや……止しやしょう。触《さ》わり馴《な》れねえ鉄砲の引金に、迂闊《うかつ》に指先を近付け
やすと、自分めがけて弾丸《たま》が飛んできかねやせん」
「その心がけを忘れぬことだな先生」
本郷清継は言い終えて「ふん」と鼻先を小さく鳴らしたあと、自分のぐい呑
み盃に「舞姫」を注ぎながら、ほんの一瞬ではあったがギラリとした目で宗次
を一瞥《いちべつ》した。おどろおどろしい目つきであった。

二十五

翌朝、宗次が目覚めると、猫の額ほどの庭との間を仕切っている障子に、木
の枝に止まって嘴《くちばし》を突《つつ》き合っている雀《すずめ》らしい小さな野鳥の影が映っていた。

宗次は起きて布団をたたみ、部屋の片隅へ押し滑らせた。

なんともいえぬ旨さであった「舞姫」のせいでか、よく眠れた感があった。

この家から出て行くときの本郷清継も酩酊《めいてい》している様子はなかったが、そこそこに上機嫌であったことを宗次はしっかりと覚えている。

「酒というのは、実に不思議なもんだい。人と人との絆《きずな》を深めたり、かと思えば、いとも容易《ようい》に真っ黒な精神《こころ》を灰色に薄めちまいやがる」

呟いて欠伸《あくび》を一つした宗次であった。本郷清継のような人物には、もう会いたくはない、という思いが強かった。出来れば二度と近付かれたくなかったし、近付きたくもなかった。はっきりと嫌いな類に入る人物であった。どこかに、ねっとりとした湿《しめ》っぽいものを感じるのだ。その一方で、妙にサラリとした乾いた印象——濁りの無い——があったとも感じるから、まさに油断のならぬ相手ではあった。

「ま、そのうち素顔が次第に判ってこようぜ」

呟いた宗次は表口の障子を開けてみた。その辺りにひと晩、じっと立っていそうな雰囲気の本郷清継であったが、さすがにその姿は見当たらなかった。長屋の亭主たちはもう女房に見送られて勤めに出た後なのであろう、長屋路地は静まり返っていた。井戸端会議に女房たちが花を咲かせるには、もう少し刻《とき》を待たねばならない。

宗次は一度家の中へ引《ひ》っ込《こ》み、手拭いや総楊枝《ふさようじ》（歯ブラシ）など朝の洗面用具を調えて長屋路地へと出た。

このときであった。長屋口へ急曲がりな勢いで駆け込もうとした男が、体の平衡《へいこう》を失って足を滑らせ右肩から地面へ突っ込むような具合で、転倒した。

その男が（若《わか》くない……）と察《さっ》した宗次は、すでに洗面用具を土間に投げ出し、長屋口に向かって走り出していた。

低く呻きながら俯《うつぶ》せ状態の体を起こそうとするその男に、「大丈夫ですかい」と小声をかけつつ腋《わき》へ片手を差し入れてやる宗次であった。

宗次と、顔をしかめる相手との目が、ここで合った。相手の額の皮膚がべろりとめくれ、血が出始めている。

「あ、与市さんじゃあござんせんか」

と、驚いた宗次が、尚のこと小声になった。西条家の下男頭《げなんがしら》の老爺与市であった。

「先生……あ……先生よかった」

与市の目に一抹《いちまつ》の安堵が広がりはしたが、しかし表情は強張ったままだ。

「落ち着きなせえ。一体《いってえ》どう致しやした」と、宗次が与市の老体を膝の上へ抱き起こした。

「江戸橋北の堀留……堀留の……」と、全力で走ってきたらしく、老爺の息は荒い。

「江戸橋北の堀留ってえ言やあ、小舟町《こぶなちょう》の船宿『川ばた』のことでござんすね」

「は、はい先生。その船宿が一人の……一人の黒装束に襲われ、廣澤和之進様の……和之進様のご同輩が皆殺しに……」

「なにいっ」

「さ、先程、西条家御屋敷へ、駿河国田賀藩の……田賀藩の藩士が知らせに……駆けつけ」

「報告《しらせ》を聞いて、美雪様はお気持をしっかりお持ちだろうねい」

「だ、大丈夫……です。御殿様が……いらっしゃいますから」

余程額を強く打ったのであろう、そこまで言った与市は気を失ってしまった。宗次は手首の脈を診《み》てとり、そのあと左胸にも手を滑り込ませた。

脈も鼓動もしっかりと打っていた。

「チヨさんよう、チヨさんよう、すまねえが出て来てくんない」

宗次は筋向かいに住む屋根葺職人久平《きゅうへい》の女房《かみ》チヨの名を大声で呼んだ。宗次がチヨの名を大声で呼ぶということは、他の女房《かみ》さんたちにも助けを求めている、ということをこの長屋の女房《かみ》さんたちはよく心得ている。

たちまちチヨをはじめ六、七人の女房たちが、宗次のまわりに集まり出した。

「すまねえが、この人を私《あつし》の家に寝かせて、額の傷の手当をしてやってくれめえかい。そしてよ、誰か足の速い者《もん》に医者を呼んできて貰いてえ。私《あつし》はこれから急いで、別の所へ駆けつけねばなんねえんだ」

「判ったよ先生。あとは私たちに任せて、行っといで」

「この人の元気が戻ったら、町駕籠《かご》を呼んで、帰って貰いねえ。駕籠代はあとで払うから、チヨさん立て替えておいてくれめえかい」

「そんな小さな事、心配しなくっていいよ先生。任せときな」

チヨが力強く言い切った。こういう場合いつも宗次が頼りにしているのは、チヨをはじめとする女房《かみ》さんたちであった。

「頼んだぜい」

と、宗次は長屋口を出て韋駄天《いだてん》の如く走りだした。

「ちっくしょう。黒装束って言やあ、あの野郎に違いねえ」

走りながら、宗次は瞼の裏に本郷清継の気位高そうな顔を思い浮かべた。

鍛え抜かれた宗次の足にとって、八軒長屋から小舟町の船宿「川ばた」までは、本気で走ればひとっ飛び、と言っても過言ではなかった。掘割口《ほりわりぐち》の竜閑《りゅうかん》橋を駆け渡り、常盤《ときわ》橋御門を右に見て次の一石《いちこく》橋を矢のように走り抜けて左に折れ、日本橋川に沿ってそれこそ風となって走る宗次に、「何事か……」と声をかけない顔見知りはいない。

「どしたい先生、朝っぱらから血相変えてよう」

「今日は、こっち仕事かえ先生」

「こんなに早くから何処へ行くんでえ先生、よかったら手伝うぜい」

「先生、帰りにでも寄ってくんねい。久し振りに朝から一杯《いっぺえ》よう」

顔見知った誰彼の声かけに顔も振り向かせず、宗次の両足十本の指は鉤型《かぎがた》に曲がって地面を嚙み飛ばし、五尺七寸余の体を前方へと強力に弾き押していた。これが揚真流全力疾走の業《わざ》「霞《かすみ》流し」である。両足十本の指が鉤型に曲がって地面を嚙む形は、忍びの立ち業、走り業としてもしばしば見られる。確かにそれによく似ている、揚真流の走り業であった。

その宗次の足がようやくにして止まったのは、二階建の船宿「川ばた」の程近く、堀川端の蕎麦屋の前だった。柳並木の間から、堀川に架かる道浄《どうじょう》橋の向こう袂の「川ばた」が斜め方向によく見えている。

険しい顔つきの町役人の出入りが頻繁だった。二階窓の障子紙はことごとく破れ、一部障子は敷居から屋根の上に外れ落ちていた。黒装束とやらに奇襲されたものの、泊まっていた廣澤和之進とその同志たちは一応、反撃には出たのだろう。二階窓の様子を見ただけで、相当に激しい乱闘があったと宗次には見当がついた。

すでに野次馬はかなりの数であったが、「川ばた」の前へと通じる道のかなり手前で町方《まちかた》の者たちによって押し止《とど》められている。

宗次がいる位置から少し先も、三、四十人の野次馬で埋まっていた。仕事場へ出かける途中なのか、道具箱を肩にした職人風が目立つ。

「おいおい、お前《めえ》ら。仕事をさぼる気かえ。さあ、散った散った。邪魔だえ」

どこかで役人らしい大声がして、宗次の前で職人風の野次馬が揺れ出した。

二人……三人……と群集《ぐんしゅう》から離れてゆき、それが次第に勢いを付けてゆく。

宗次はこのとき、後ろに微かな髪油の香りを感じて振り返った。

竹箒《たけぼうき》を手にした十四、五歳くらいかと思われる町娘が、すぐ後ろに不安顔で立っていた。この季節だというのに雪国の娘のように頬が赤いところを見ると、十三、四に見えなくもない。

かわゆい幼な顔だ。

「この辺りの娘《こ》かえ?」

少しあれこれと訊いてみるか、と咄嗟に思いついた宗次は、やわらかな口調で話しかけた。

娘は頷いて斜め後ろ、道の反対側に位置する「味元《あじもと》」の暖簾を下げた蕎麦屋を、竹箒を持たない方の手で指差した。

「蕎麦屋の娘でキヨといいます」

美雪とも話を交わしたことがある、あの娘であった。

「キヨちゃんかえ。こんなに早く、もう店を開けるのかえ」

「いつも私が店を開ける準備をします。のんびりしているから、いつもこうして早目早目に動くようにしています」

と、なかなかきちんとした話し方だった。接客で知らず知らず躾《しつけ》を身に付けているのであろうか。

「ちょいと、あの船宿で起きた騒動のことで訊《き》きてえんだが、いいかえ」

「と、言われましても……」

「何でもいいんだ。目にしたこと、耳にしたこと、どんなに些細《ささい》なことでもいいからよ」

「一刻ほど前でしたか、一階で寝ている私がそろそろ店を開ける用意をしなければと、寝床から出ようとしたとき、突然、悲鳴と怒鳴り声が聞こえてきました」

「それで？……」

「二階で寝ていた両親《ふたおや》が、押し込み強盗かも知れないから外に出たら駄目だよ、と叫んだので怖くて暫く寝床の中でじっとしていました」

「それから？……」

「そのうち気持が悪くなるほど外が静まりかえって、それから色色な話し声が聞こえてくるようになり、やがて御奉行所の御役人が駆けつけてきたと判りました」

「そうしてキヨちゃんは恐る恐る外へ出てみたってえ訳だねい？」

「はい。何人もの血まみれのお侍さんが、船宿から戸板で運び出されてきましたけど、殆どお亡くなりになっていたようで」

「殆ど……ということは、一人や二人、生きている侍がいたようだったかえ」

「御奉行所の同心に伴《とも》なわれて船宿に見えた何処かの藩らしい身形《みなり》のご立派なお侍様三人ほどが、戸板の上の一人に『しっかりせい廣澤、傷は浅いぞ廣澤』と大声をかけていらっしゃいました。その戸板の人だけが、生きていたらしく戸板のまま医者へ運ばれたようです」

「なんと……」

宗次は茫然となって、思わず朝空を仰ぎ見、大きな息を吐いてしまった。

「あのう、もういいでしょうか」

「おっと、すまねえ。手に取るように大変よく判ったよ。話し方が上手だねい。年齢《とし》は幾つだえ」

「十四になりました」

「いいお嫁さんになりそうだねい。あんがとよ。これ少ないがお礼だい……」

宗次が袖の中から小粒を取り出すと、キヨは体を左右に揺さぶってそれを拒んだ。

「人様から決して謂《いわれ》（理由）のないお金を貰うんじゃない、と両親《ふたおや》からきつく言われています」

「うーん、謂ねえ。なるほど。じゃあ蕎麦代の先渡しだい。あとで大勢で食べにくっからよ。それなら問題ねえだろう」

「は、はい……」と、キヨはまだ迷い顔であったが、宗次はその小さな手に小粒を握らせると、軽くポンと肩を叩いてやり、道浄橋の方へと足を進めた。いつの間《ま》にか、野次馬の数が随分と減っている。

と、船宿の前で、こちらに向かって手を振っている誰かに気付いて、宗次の表情が「お……」となった。

江戸市中にその名を知られ、御奉行所から直接、紫の房付き十手を下賜《かし》されている腕利きの目明かし、春日町《かすがちょう》の平造《へいぞう》親分であった。目明かしの縄張りだの、担当の区割だのには結構うるさい慣習《しきたり》のようなものがあったが、しかし、紫の房付き十手は、「江戸市中どこでも御免」の証とされている。

「お久し振りでござんす」

平造親分の前まで行って、先ずは丁重に腰を折った宗次であった。

「ほんに久し振りだねい、宗次先生。絵仕事、忙しいかえ」

「へい。お陰様で相変わらず」

「一杯《いっぺえ》交わしてえと思って、ここ最近二、三度八軒長屋を訪ねたんだがよ。いつも決まって御留守様だい。酒仲間としちゃあ、少し淋しいですぜい先生」

「申し訳ありやせん。そのうち私《あっし》の方から必ず声かけ致しやす」

「待ってるぜい。で、先生はまた、どうしてこの小舟町へ？」

と、平造親分の目つきが、ここですうっと細くなって凄みを放った。様子を探る目つきだ。

もっとも、その目つきを見馴れている宗次ではある。

「なんだか陰惨《いんさん》な事件のようでござんすね親分」

「どうやら譜代の大名家にかかわる事件のようなんで、町奉行所としては余り突っ込んで調べる訳にはいかねえようだい」

平造親分が与力同心の動きまわる船宿の中へ視線をやりながら、声を小さく抑えた。

「で、譜代の大名家と申しやすと？」

「なんでえ先生。いやに真剣な顔つきじゃねえかい。まさか絵仕事で出入りのある大名家と判って飛んで来たってえんじゃねえだろうな」

「大きな事件なら何処へなりと来させて下せえよ親分。若し絵仕事の出入り先が絡んでいやしたなら、私《あつし》としても知らぬ振りってえ訳には参りやせんから」

「まあな……うん」

「で、譜代の大名家といいやすと？」

宗次が問いを戻すと、平造親分は、ぐいと宗次に顔を近付けた。

「駿河国田賀藩の藩士七名が、この船宿に何かの目的で集まり泊まっていたらしいんだがよ。朝方になって一人の黒装束が疾風のごとく二階へ飛び込んできたってえんだな」

「二階へ？」

「そうよ、二階へでえ。まるで忍びの身軽さだあな。藩士たちが泊まっている客間へいきなりよう」

「誰がそのように言ってんです？」

「戸板で医者へ運ばれたたった一人の生き残りの廣澤とかいうお侍が、苦しい息の下からこの儂《わし》に向かって喋ってくれたんでい」

「それで？」

「その廣澤とかいうお侍が言うには、あっという間《ま》に藩士三名が斬り倒され、そのあと藩士四人対黒装束一人の激しい闘いになったらしい。しかし、うち三名は首を斬り落とされて……」

「なんと、首を……」

「そうよ、酷いったらありゃあしねえ。で、結局よ先生、廣澤和之進と仰る藩士だけが駆けつけた藩士たちの手で戸板で医者へ運ばれ、あとの死者六名は少し前《めえ》に奉行所と商家の荷車三台で藩邸に引き取られたってえ訳だ」

「重傷を負ったお侍《さむれえ》は、助かりそうですかえ」

「判んねえ。儂《わし》が此処へ駆けつけたときは、まだ喋る力はあったんだが、それでも次第に息が浅くなっていったからよう」

「船宿の亭主や奉公人に怪我はねえんですね」

「ねえ。その点は大丈夫だい」

「亭主も奉公人も二階へ疾風の如く突入してきやした黒装束とかを、見ちゃあいないんですかえ」

「店の者《もん》は誰も見ちゃあいねえようだい。廣澤ってお侍の話じゃあ、なにしろ凄まじく激しい斬り合いではあったらしいんだがよ、始まってから決着がつくまでアッという間《ま》だったらしいんでい」

「そうですかい。そんなに凄腕の……」

「先生よう、まさか田賀藩に絵仕事で出入りがあったんじゃあ……」

「ない。ありやせん」と、宗次はきっぱりと言い切った。

「この騒動、幕府は黙っちゃあいねえかもよ先生。下手をすりゃあ田賀藩は譜代といえども、お取り潰しになるかも知れねえ」

「うむ……」

「いやだねい。お武家の社会ってえのはよう」

「親分……」

「ん？」

「ちょいと向こう三軒隣の一膳飯屋を覗かせて貰ってよござんすか」

「なんでえ、いきなりよう。聞き込みってえんなら儂の仕事だぜい」

「強持《こわも》ての平造親分が紫の房付き十手を手に一膳飯屋へ入ってジロリと一瞥なんぞしたなら、大事な情報が隠れてしまいまさあ」

「けっ。宗次先生は案外、厳しいことを平気で言うお人だねい」

「すいやせん。そいじゃあ親分」

宗次が平造親分から離れるのを待っていたかのように、船宿の中から与力か同心の誰かが平造の名を呼んだ。

離れてゆく宗次の背中を目で追いながら、平造が船宿の中へと入っていく。

宗次は、年中下がっているのではないかと思われる薄汚れて端が少し破れている「さけめし美芳《みよし》」の暖簾を両手で左右に掻き分けた。

表口の障子は開いていて、店土間で老夫婦が怯えたように肩を寄せ合って立ち竦《すく》んでいる。おそらく斬殺された藩士たちの断末魔の悲鳴と絶叫は、この一膳飯屋まで届いたことだろう。

宗次は「ごめんよ」と店土間へ入って、床几《しょうぎ》に腰を下ろした。

「爺《と》っつぁん。まだ朝飯を口にしちゃあいねえんだが、何ぞ出ねえかい」

「申し訳ありません。なにしろこの通り動きがのろい老夫婦の一膳飯屋なもんで、昼飯《ひるめし》と夕飯《ゆうめし》しかやっておりませんで」

「そうか。なら仕方がねえな。船宿で騒動が起きたとき、斬り合いの音なんぞはここまで届いたかえ爺っつぁん」

「へい。それはもう、鋼が打ち合う大変な音でございましたよ。ぎゃっとか、わあっとかの絶叫や悲鳴があったりで、おそろしくて、おそろしくて、震えておりました」

「だろうなあ。で、此度のような騒動が起こる前兆《ぜんちょう》のようなものは、この界隈になかったかえ。なんでもいいんだい。たとえば身形《みなり》怪《あや》しい浪人が徒党を組んでうろうろしていたとかよ」

「この界隈には三、四軒の船宿の他、うちのような一膳飯屋、蕎麦屋、小料理屋、居酒屋それに甘味処なんぞがありますので、日頃からご浪人さんたちの往き来は珍しくありませんし、誰が怪しくて誰が怪しくないという見分けなんぞは難《むつか》しくて、とても私たち老夫婦には出来ませんで。はい」

「そうかえ……なんか騒動の前兆みてえなものが、あったとは思うんだがねい……」

「お兄さんは、目明かしの親分さんで？」

「いやなに……。爺っつぁんは、春日町の平造親分を知っちゃあいねえかい」

「会ったことはありませんが、名前だけは……紫の房付き十手を持つ凄腕の親分さんとかの噂は耳にしています」

「その平造親分と親しいもんで、ちょいと聞き込みの手伝いでもと思ってよ」

「さいでしたか。全くお役に立てませんで、申し訳ありません」

「なあに。そのうち、また昼時にでも立ち寄らせて貰うからよ。何か食べさせてくんない」

「はい。喜んで」

「邪魔したな」

宗次は床几の端に目立たぬようそっと小粒を置くと、一膳飯屋をふらりと出た。

二十六

町奉行所の丹念な現場の検証と近隣への聞き込みが終ったのは昼過ぎで、そのあと平造親分が同心旦那の了解を得てくれ宗次が船宿の二階へ上がれたのは、昼八ツ（午後二時頃）近くになってからだった。

血が飛び散った現場をひと目見て宗次は、殺された者はいずれも一撃の袈裟《けさ》斬《ぎ》りではなかったか、と想像した。血の飛び散り様《よう》が、そうと物語っているように思えた。

（奴だ……本郷清継に違いねえ）

と、宗次は確信を抱いた。

宗次が葵忍びに関して学び知っていることが、「駿府城御庭忍び」という〝表向きの顔〟の他にもう一つあった。

駿府城を置く駿河国《するがのくに》は国内に二、三の小大名を置きはするが事実上の天領と称してよく、「駿府城御庭忍び」つまり葵忍びは駿河国とその近隣諸国を陰で「監理《かんり》」するという大目付的な役割を負っている。これが要するに〝表向きの顔〟である。

そして宗次が知る葵忍びのもう一つの顔——恐るべき——が、将軍家に直属する「国家経営秘密機関」としての顔であった。単なる低次元な諜報《ちようほう》機関——諸藩の粗捜《あらさが》しをして虚偽推測を加え藩取り潰し情報として誇大し上申するような——ではない。諸藩の産業奨励に巧みに手を貸し、藩自体の労苦と力によって——幕府には絶対に負担が掛からぬようにして——藩の体質を強靱《きようじん》な利潤《りじゆん》体質（黒字体質）とする。そのあと奪う（天領とする）のであった。幕府の財政《ざいせい》を盤石《ばんじやく》なものとするために。これこそ宗次が学び知っている葵忍びの〝裏の顔〟であった。

「如何なる機会があろうとも駿府城の葵忍び及びその他の幕府直系の隠密衆らと交流してはならぬ。友となってもならぬ。敵対してもならぬ。その存在を完全に無視せよ」

父であり大剣聖であった梁伊対馬守隆房が大往生の間際に言い残したことを、宗次は今も決して忘れてはいない。全国に様様なかたちで散開し定着している二十数派にわたる幕府直系の忍び衆について、宗次は幼少の頃から、ことあるごとに「幕府組織論」の中で父から厳しい教えを受けてきた。

父が「交流するな、友となるな、敵対するな、完全に無視せよ」と大往生の際に言い残したのは、ただ幕府の隠密衆だから、という理由だけであったのかどうかは、今以て判っていない。

それら隠密衆の中で、こともあろうに幕府最高の隠密機関として位置付けされてきた葵忍びを、宗次はすでに五名も斬り倒し、しかもその中には本郷清継の右腕とされる討手組頭（次席与力）二百五十石武田一心斎が含まれているのだ。

宗次が、美雪のことを気遣いながら、我が家へと足を向けたときには、夕暮れが目の前に迫っていた。

（心やさしい美雪様は廣澤和之進が重傷を負ったことについて既に耳にしているであろう、大丈夫か）と宗次は心から心配した。出来れば西条家へ立ち寄って様子を確かめたい気持があったが、しかしそれは「立ち入り過ぎ」という思いもまた強く、結局足は八軒長屋へと急いでいた。

後ろ髪が――西条家の方へ――引かれる思いではあった。

八軒長屋の長屋口まで戻ってくると、すっかり闇色に染まった少し先で赤提灯二つを揺らしている居酒屋「しのぶ」の前で、主人《あるじ》の角之一《かくのいち》が訪れた客の誰かと肩を叩き合って、楽し気に笑い合っていた。

さすがに今宵は、酒を呑む気にはなれない宗次であった。世の中、笑いもあり怒りもあり、喜びもあり悲しみもあり、誤解もあり仲直りもあって、だからこそこれが「情」というもののある世の中なんでい、と思う宗次である。その〝世の中〟が、居酒屋「しのぶ」の店内には毎夜、濃く漂っていると宗次は感じている。

「今夜はすまねえな、角さんよ」

宗次は、客の肩をわし摑みにするようにして笑いながら店の中へ促し入れた角之一の背中に向かって呟き、長屋口を入った。

長屋路地には鰯の干物を焼く匂いが漂っていた。これは行灯の鰯油とは違って酒が呑みたくなる香ばしい匂いであった。尤《もっと》もこの刻限、行灯の鰯油と鰯の干物を焼く両方の匂いが混ざり合うからさすがに馴れていない者は「うっ」と顔をしかめる。

だが宗次にとっては嗅ぎ馴れた〝鰯の匂い〟だ。〝我が家の匂い〟である。

その我が家の前まで来て表口の障子に触れた宗次は、そのまま体の動きを止めた。あくまで念の為であった。なにしろ葵の筆頭、いや、「国家経営秘密機関」の筆頭（本郷清継）が、酒樽を手に忍び込んでいた我が家である。

「ふっ……今日は船宿への朝の討ち入りだけで我慢しやしたかえ」

宗次は、なぜか心底から毛嫌いする気にはなれない、かといって本気で好きになれそうにもない、しかし憎み切れない本郷清継の顔を脳裏に思い浮かべた。

（知的な彫りの深い、いい顔をしていなさるぜい。ひょっとすると、今のような重い役割を負わされる家系の嫡男であることを、ひとり苦しんでおられるのかも知れねえ……ひょっとするとよ）

宗次は「うん」と己れに相槌を打って、表口の障子を開けて中へ入った。

出迎えてくれたのは、闇だけであった。その闇の中のどの部分に何がどのような形、向きで存在しているかを承知している宗次であったから、迷うこともなく絵仕事用の大行灯の明りを点《とも》した。

このとき、「時の鐘」が鳴り出した。はじめのうち江戸市中の「時の鐘」は日本橋石町《こくちょう》の一か所だけであったが、明暦の大火（振袖火事）のあと次第にその数を浅草他に増やしつつあった（最終的に十一か所）。

「暮れ六ツ（午後六時頃）かえ」

と、呟いた宗次は何気なく絵机の上を見て「ん？」という表情になった。

その絵机の上に、見なれないもの——書状——がのっているではないか。しかもその表には「私状《しじょう》」と見事な筆跡で勢い書きされている。じっくりと腰を据えて書いた筆跡ではなく、さあっと一気に勢いつけて書いたと判る筆法であった。

書状の表は「私状」の二文字のみ。裏には差出人の名前などはなかった。だが宗次には「私状」の表書きを見ただけで、そしてその知性あふれた筆跡を見ただけで、「あ奴だ」と判った。

そのあ奴に対して宗次は「お前様は私《あっし》の存在を邪推して私情《しじょう》で配下を動かしやしたね」という意味のことを言っている。

そしていま絵机の上に皮肉を込めたかのようにして置かれているのが「私状」であった。

開いてみると、はたして本郷清継からの果たし状であった。果たし合わねばならない理由などは、どこにも書かれていない。今日の刻限、場所、真剣にて、そして本郷清継の名前と花押《かおう》（書き判）。それだけであった。

宗次は微笑んだ。表書きを「私状」とした本郷清継の気性が、この時、すっかり気に入ってしまっていた。悪びれることなく「私情」を前面に出していると判ったからだ。

「侍の世でなければ、ひょっとすると二人仲良く肩を組んで盃を交わせたやも知れぬ」

ひっそりとした宗次の呟きは奴詞《やっこことば》（べらんめえ調）ではなくなっていた。

「よかろう清継殿。確かに承知致した」

宗次はひとり頷き、簞笥の前に立つと引き出しを開け、爺・柿坂作造渾身の作「宗次対馬守作造」を取り出し刃などを確認した。これも念の為である。

「勝っても負けても、それこそが世の中ぞ爺……実につまらぬ勝ち負けだがのう」

そう言いつつ刃を黒鞘に納めた宗次が「対馬守」を帯に差し通すと、黒蠟色塗の鞘が意思あるものの如くヒュッと鋭く鳴った。小刀は帯びない。

先程打たれた「時の鐘」は江戸市中三十六見付御門が閉まる暮れ六ツ。

「亥《い》の刻（午後十時頃）の柳が原までは充分。確かに行かせて貰おう」

宗次は瞼の裏に浮かんだ本郷清継に向かって静かに告げると、大刀を腰に帯びた姿を長屋の誰彼に見られないよう、庭から裏路地伝いに表通りへと出た。

夜空には、今宵も満月が出ていた。

二十七

満月の明りの下《もと》、顔見知りの誰彼に出会うこともなく神楽坂をゆったりとした足取りで上がり切った宗次は、酒井《さかい》家上屋敷（若狭小浜《わかさおばま》藩主邸）の手前を右に折れ、幕臣の組屋敷《くみやしき》（大番組、御先手組ほか）や中小の旗本屋敷が肩を触れ合わせるようにして建ち並ぶ中へと入っていった。野良の犬猫一匹すら姿を見せない、深い静けさに覆われた月下の通りである。

「今宵で我が命、尽きるか……それとも」

宗次は神社に突き当たった通りをそのまま境内へと入ってゆき、立ち止まって満月を仰ぎ呟いた。如何なる事情・理由があろうとも幕府直系の隠密衆らだけは相手としてはならぬ、無視せよ、と亡き父に強く言われていたことを、間《ま》もなく破ろうとしている宗次である。

いや、すでに破ってはいた。手練五人を一撃のもとに倒している。

しかし今宵の相手は、並の地位の者ではない。まさしく幕府最強の隠密機関を統括する最高責任者であり、その背後には老中並の威風を有する御側衆・旗本七千石本郷家が控えている。

「揚真流の原点は、襲い来る者を許さざること。容赦《ようしゃ》なく一撃のもとに倒す、ただこの一点にあり……」

宗次は夜空の満月に告げるかのようにして、また歩き出した。月明りを吸った宗次の目は、いつもの穏やかさを早くも消し去っていた。研ぎ澄まされた刃の切っ先のような鋭さを放っている。

殺気であった。宗次が闘う前から殺気を放つなどとは、非常に珍しい。

その宗次が——襲い来る者を許さざること——の凄まじい殺気を放っていた。

やがて宗次は、左手に町家《まちや》が長く続いている通りへと入っていった。この界隈は牛込水道町《うしごめすいどうちょう》と称する町家・武家屋敷混在の地であり、町家と向き合う通りの右手には、中小の旗本屋敷が延延と続いている。まるで町家と競い合うようにして。

宗次は足取り穏やかに、北方向へと歩みを進めた。

だが目つきは、その物静かな歩みとは対照的である。月明りの下《もと》、双眸《そうぼう》はすでに相手の首筋を嚙《か》み千切《ちぎ》ったかのような、獰猛《どうもう》としか見えない異様なぎらつきを放っていた。一体どうしたというのであろうか？

およそ五、六町を過ぎて通りは大外濠川（神田川）の支流の一つである江戸川（東京湾に河口を有する江戸川に非《あら》ず）にぶつかった。

石切橋《いしきり》という木橋が架かっていたが、宗次はその橋を渡らずに中小の武家屋敷に背を向けるかたちで、岸辺に沿い西へと歩みを向けた。流れを挟んで南北に密集し出したのは、町家に加えて百姓家である。

宗次はゆったりと歩き続けた。時おり満月を仰ぐが、表情は全く変えない。表情を見る限りは、穏やかであった。

ただ目つきだけが、月明りを吸っているせいもあろうが、名状し難い凄みを放っている。

やがて、江戸川の流れが三つに分かれている所まで来て、宗次は立ち止まった。

月下にうねって見えているのは、彼方が窺えぬほどに広大な田畑の広がりだった。

この時代、此処は最早《もはや》、「江戸」とは称し難い寒寒しい寂寞《せきばく》の地の感があった。尤《もっと》もそれは、大外濠川（神田川）の内側を「江戸」と見る狭義《きょうぎ》な考え方に立った場合のことであって、実際は「江戸城」から、さほどに離れてはいない。しかもこの界隈には「御三家地方」という言葉さえも存在しており、事実、見わたす限りの広大な田畑の広がりは尾張《おわり》家上屋敷及び中屋敷、水戸《みと》家上屋敷などの巨大邸宅に囲まれたかたちを見せ、また酒井家上屋敷、松平家上屋敷、本多《ほんだ》家上屋敷など有力大名の大邸宅もまわりに近接して、間もなくの急激な発展が確実に見込まれる一帯ではあった。

江戸川が三つに分かれている流れの内の一つは、月明りの田畑の中を北方向へと延びている。

その流れの直ぐ西側に沿うかたちで今、田畑を潰してかなりの幅を持たせた一本の道が幕府によって造成されつつあった（現、文京《ぶんきよう》区音羽《おとわ》通り。通りの北方突き当たりに次代将軍が生母のため護国寺《ごこくじ》創建）。

まだ造成半ばのその道へ、宗次は矢張りゆったりとした足取りで入っていった。この通りに沿って南から北へとかけ次代将軍が町家《まちや》（音羽町）を造り、その町家を自分の生母（お玉《たま》の方・桂昌院《けいしょういん》）に仕えていた大奥女中（音羽）に気前よく与えることについては無論、宗次はまだ知らない。

苦労知らずな次代様（徳川綱吉《つなよし》）の〝生母のための護国寺創建〟にはじまる巨額の「私情出費」などによって、幕府の財政はやがて一気に悪化していくのであったが、これについても今宵の宗次の与《あずか》り知らぬ事であった。

道の造成は全行程の三分の一付近まで進んでおり、東側直近にかなり大きな内藤出羽守《ないとうでわのかみ》邸（陸奥平《むつたいら》藩主内藤義概《よしむね》。俳人、歌人）があって、その門前を通る道が造成中の道と丁字形に交わり、田畑の中を西方向の彼方へと延びていた。

宗次は、その道へと入っていった。

左手を腰の刀に、すでに触れている。対決の場は近いのであろうか。

と、突如、月明りが消えて、漆黒《しっこく》の闇が地上に降りかかった。流れ速い雲が月を隠したのであろうか、余りにも急な闇の訪れだった。

しかし、宗次の歩みが緩むことはなかった。闇は宗次にとって全く深刻な問題ではない。

どれほど歩いて再び月明りが大地に皓皓と降り注ぎ、それを待ち構えていたかの如く宗次の足が止まったとき、目の前に不気味な光景が広がっていた。

高さ八丈《じょう》以上（二十数メートル）はあろうかと思われる枝垂柳《しだれやなぎ》の巨木が二本、およそ半町《ちょう》ばかり（五十メートルほど）の間を空け天《あま》を突いている。

聳《そび》え立つかのようなその枝垂柳の巨木が、ときおり吹き渡る夜風を浴びて、鬱蒼《うっそう》と無数に垂れ下がった枝葉を「こっちへ御出《おいで》、こっちへ御出」と言わんばかりに振り揺らしているではないか。

なぜか田畑は、その二本の枝垂柳の巨木の周辺、相当に広い範囲にわたって荒れ果《は》て、その荒れ様《よう》を覆《おお》い隠《かく》さんばかりにして何《なん》と、二葉葵《ふたばあおい》が群生していた。その葉を三枚組み合わせれば将軍徳川家の家紋となる二葉葵がである。

宗次は月下に身じろぎもせず佇み、ときおり手招くように枝葉を揺らす二本の巨木を、射るような眼差しで眺めた。

この二葉葵に一面覆われた広大な荒れ地こそ、誰言うともなく名付けられた柳が原である。

奈良時代に国の外（朝鮮）より渡来したと伝えられる枝垂柳は、怪談、亡霊に恰好《かっこう》の木と歓迎された訳でもあるまいが、またたく間《ま》に国の全土にと言っていい程の勢いで広がっていた。

しかし何故、本来は綺麗に耕されてよい筈のこの畑地に、二本の枝垂柳の巨木が根を張っているのであろうか。

それについては宗次は勿論のこと知らなかったし、おそらく誰も知らないのではないかと思われた。その巨木の様《さま》から検《み》て、すでに樹齢百年くらいには達しているのではと推測されないこともない。

しかもである。その鬱蒼《うっそう》とした二本の枝垂柳の間の、少し奥まった向こうに、朽《く》ち果てた神社の祠《ほこら》（当時実在）が見えるではないか。

左腰の刀に触れていた宗次の左手。その左手の親指が、対決する相手の姿がまだ見えないというのに、鯉口を切った。切った者にしか判らないサクッという音無き音が宗次の五体に伝わって、宗次が静かに歩み出す。

すると二本の枝垂柳の間の、奥まった向こうで、祠の扉がかなりの軋《きし》み音を発して左右に開いた。まるで人気舞台役者の登場を拵《こしら》えるかのような扉の軋み音であり、ゆっくりとした開き様《よう》だった。

真っ暗な祠の中から皓皓たる月明りの下《もと》へ、「私状」の主《あるじ》が姿を現わした。御側衆・旗本七千石本郷甲斐守清輝の嫡男、清継二十七歳である。それが何を意味するのか、真っ白な着流しに、帯は白地に〝菱繋《ひしつな》ぎ文様〟の角帯。〝菱繋ぎ文様〟は古来より、「福」が繋がる吉祥文様として上級武家の間では大事にされてきた。

その「福」の角帯に本郷清継が真紅の鞘の大小刀を差し通している。

それにしても真っ白な着流しであるとは。

まるで死装束ではないか。

それだけに、それはまさしく人気舞台役者登場の衣裳拵えと見えなくもない。

双方は共にお互いを見つめ合ったまま微動だにしなかったが、やがて本郷清継が宗次に対し背中を向けた。

月明りを浴びる宗次の表情が、僅かに動いた。ごく僅かに。

清継の真っ白な着流しの後ろ襟《えり》のすぐ下、家紋の上の位置に、金糸による葵の御紋の刺繍《ししゅう》があった。そのため、家紋は遠慮してかなり小さい。

「確かに葵の御紋、拝見致しやした」

宗次はよく通った声で相手に告げた。相手は姿勢を元に戻したが、宗次に背を向けている間に用意を整えたのか、眦《まなじり》をぐいっと吊り上げ唇をへの字に結んだ険しい顔つきである。

宗次が相手を目指し真っ直ぐに歩き出すと、清継も腰の刀に手をやって歩き始めた。

双方の間が、次第に縮まってゆく。

月が流れ雲に隠され、一瞬の闇が訪れたが、真昼の如き宵は直ぐに復活した。

二本の大柳の中央付近で、宗次と清継の二人は二、三間《げん》（四、五メートル）を隔てて歩みを止め向き合った。

宗次は間《ま》もなく、予想もしていなかった衝撃の矢が己れに向かって放たれる事を、予想だに出来ていなかった。一介の浮世絵師として、清継の求めに応じ果《は》たし合いに応じた積もりである。

その〝積もり〟が、清継の次の言葉で打ち破られてしまったのだ。

「さすがに腰に帯びた刀がよくお似合いでございまするな。血筋と申すものは隠そうとしても隠し切れるものでもございませぬ」

丁寧で物静かな清継の言葉に、宗次の左手が思わず腰の刀から離れた。

「何《なん》の事《こと》でござんす？」

「奴 詞《やっこことば》も似合《にお》うていらっしゃるようで、似合うていらっしゃらない。この期《ご》に及んでのべらんめえ調はもうお止しになり、歴《れっき》とした侍言葉にお戻しなさるが宜しいかと思いまする、徳川宗徳《むねのり》様」

「な……なんと」

宗次は息を呑んだ。次の言葉が出てこなかった。それこそ予想だに出来ていなかった相手の言葉であった。足元に、ふらつきさえ覚えるほどの驚愕に見舞われていた。

「私もこの期に及んで申し上げねばなりませぬ。私の……私個人の役職は、すでに宗徳様ご承知の組織的役割の他に、将軍家の直命を受けての今一つの大事《だいじ》が加わりまする」

「聞こう……」

と、宗次の言葉の響きが、武士のそれとなっていた。

「はい。その大事とは……」

「その大事とは？」

「お命頂戴《ちょうだい》」

「暗殺……か」

「暗殺の積もりはありませぬ。あくまで、お命頂戴」

「将軍家が、その対象について、名指すと申すのだな」

「御意《ぎょい》」

「信じられぬ。四代様（徳川家綱）は御心《おこころ》広き英邁《えいまい》なる御方《おかた》ぞ」

「将軍家とは、四代様お一人を指す訳ではございませぬ。様様なる思想を含蓄《がんちく》せし異形《いぎょう》かつ巨大なる複合体でございまする」

「なれど四代様の最終ご決裁があっての将軍家ぞ。たとえ異形であろうとも」

「確かに……しかしながら四代様はこのところ御体調すぐれず、すでに五代様をどなた様にするかについての喧喧囂囂《けんけんごうごう》たる動きが幕閣内に出始めておりまする」

「その五代様をだれにするかの怪しく騒がしい動きの中に、我が名もあると申すのか」

「御意」

「そして、その我が名を邪魔だと申す大きな力が将軍家に、いや体調すぐれぬ四代様の御身《おんみ》の上に覆いかぶさっていると申すのだな」

「御意」

「さしずめ、その大きな力とは譜代の名家上野厩橋《こうずけうまやばし》藩十五万石の藩主である大老酒井雅楽頭忠清《さかいうたのかみただきよ》（寛永元年、一六二四〜天和元年、一六八一）あたりであろう」

「さあてそれについては……申し上げられませぬ」

「大老酒井の、ふんぷんたる異臭を放つ権謀術数については、今や城より漏れ出て民百姓の社会広くにまで漂い来ておるわ。それにしても其方《そなた》、浮世絵師宗次がよくぞ徳川宗徳と判ったものじゃ」

「それこそが将軍家直属とも言われておりまする隠密機関、駿府城御庭忍び『葵』の本来の御役目でございますれば」

「その隠密機関の頭領でありながら、その方、色色とよく喋ってくれるよのう」

「ふふっ。どうせ、お命頂戴、でございまするからな」

「真《まこと》に無駄な、お命頂戴、ぞ。私は将軍の座などには全く関心がない。是非に座ってくれい、と頼まれても、おことわりぞ」

「ですが、異形の巨大複合体でございまする将軍家は、そうは眺めませぬ。徳川宗徳様はまぎれもなく、御三家筆頭尾張藩二代藩主（現藩主）、徳川光友《みつとも》様の御曹司《おんぞうし》であらせられ、しかもこのところの尾張家は、将軍の座に対しまして野心的な動きを見せ始めておりますれば……」

「なんと……真《まこと》か」

「真《まこと》でございまする。宗徳様が好むと好まざるとにかかわりませず、尾張藩のその野心的な動きの間《はざま》間《はざま》に宗徳様の御名《おんな》が見え隠れしている現実を、私個人と致しましては、いささかお気の毒と思うてはおりまする。なれど、これも運命《さだめ》。しかも宗徳様は育てのお父君である揚真流の開祖、大剣聖梁伊対馬守様の手によって、文武の高い位《くらい》を極められ、また御人格も輝くばかりに高潔。加えて百年に一度出るか出ないかの浮世絵の才人として、今や大名旗本家から庶民広くにわたって圧倒的な人気と信頼を得ていらっしゃいます」

「……」

「かようなる第一級の人材は、過去と将来《これから》の将軍家の血筋を見わたしましても、宗徳様を除いては一人たりとも見当たりませぬ」

「一介の幕臣に過ぎぬ身でありながら、ちと言い過ぎぞ。其方《そなた》の首があぶのうなる」

「事実を申しておりまする。まぎれもなき事実をです。この事実は、曲《ま》げられませぬ」

「だからか……」

「左様。だからでございまする。だから異形にして巨大なる複合体でございます将軍家は今、抜きん出て優れたる徳川宗徳様の存在を恐れておりまする。早い時期から恐れておりまする。将来《これから》の将軍の座を熟考する上でこれほど目ざわりな人物はおらぬ、と嫌《きろ》うておりまする」

「判った。もう、そこまででよい」

宗次の胸の内には、涙がこみ上げていた。荒涼たる寂寞感、空《むな》しさがこみ上げていた。なんと下らぬことよ、と悲しくもあった。

「この本郷清継、宗徳様に対し怒りも嫌悪《けんお》もございませぬ……が、これより……お命頂戴仕《つかまつ》る」

清継は丁重に一礼をすると、半歩を退がって静かに腰の大刀を抜き放ち正眼に身構えた。

宗次は頷きを返して、左の手を腰の柿坂作造渾身の作「対馬守」へと運んだ。

「わが流儀は柳生新陰流及び無外流《むがいりゅう》。二流を用いて宗徳様にお相手致す」

清継が自信に満ちた響きで言った。控えめな気迫が込もっていた。

「お相手致そう」

そう返した宗次の右の手が「対馬守」の柄《つか》へと伸びる。

刀身が滑りを始めると黒蠟色塗の鞘が微かに、ほんの微かにサリサリサリと気品ある音鳴りを発した。発したとは言ってもそれは、鞘を軽く押さえている宗次の左の手の肌に微妙な響きを心地よく伝える程度。

さすが名匠柿坂作造の渾身の作であった。

正眼に身構えた宗次は、次に雪駄《せった》をゆっくりと脱いだ。群生している二葉葵。その葵の葉の冷気が宗次の足の裏から、ふくらはぎへと伝わってゆく。

また雲が月を隠し、地上の何もかもが漆黒の色に染まった。かなり長く続く、闇であった。その闇の中、宗次は清継を、清継は宗次を、見逃すことなく捉えていた。闇がいささかも苦になることがない、宗次と清継だった。鍛えあげられた二人にとって、闇は闇ではない。

そして雲が流れ去り、月明りが降り注いだ。

地上が真昼を思わせる青白い明るさを取り戻したそのとき、清継の構えは豪壮な大上段に、宗次の構えは右足を後方深くに引いて腰を沈め、「対馬守」を顔の前――眉間に峰が触れるほど――に垂直に立てた流れるように美しい構えに変化していた。

降り注ぐ月明りを浴びて、共に身じろぎひとつしない。

吹きわたるやわらかな夜風で、幾百本、幾千本と垂れ下がる大柳の枝枝が不気味に揺らぎ、葉が擦れ合って小虫が這《は》いずり回るような音を鳴らす。

動かない。双方共に全く動かない。流れる雲が月のひと端に触れて明りが翳《かげ》ろうとも、微動だにせぬ二人だった。

と、清継が構えを乱さぬまま口を開いた。

「宗徳様に申し上げておきたい」

「聞こう」

「お命頂戴の我が役目の中に、一寸の私情あり」

「すでに承知」

「西条家ご息女美雪様への我が想い、抑《おさ》えようとしても抑え切れませぬ」

「承《うけたまわ》った」

「断じて……断じて美雪様を、宗徳様には近付けさせませぬ」

「ならば私を倒すがよい。いざ」

「ごめん」

清継が無謀にも大上段のまま、宗次に向かって矢のように足を滑らせた。

首から下が、がら空《あ》きの状態を全く恐れていない。

宗次は美しい構えを崩さぬまま、激しい勢いで迫り来る相手を待った。

それは双方にとって、とてつもなく長く感じる激突寸前であったがしかし、此処に目撃する第三者の目が若しあったなら、火花が散って消滅するほんの一瞬に見えたことだろう。

清継の刃がそれこそ唸りを発して振り下ろされ、宗次の眉間を真っ向《こう》から打った。

いや、それを左から右へと激しく巻き上げるようにして「対馬守」が弾き返す。

ガツッ、ギンッと鼓膜を傷めんばかりの重い音が轟いて、青白い火花が二人の頭上に星屑《ほしくず》のように舞い上がった。

刹那、飛び退がる宗次と清継。

だが休まない。次の瞬間には、「対馬守」と「清継刀」は十文字にぶつかり合っていた。凄まじい勢いで〝切り結び〟を連続させる二刀。

切っ先の一方が相手の頬をかすめ、もう一方の切っ先が敵の顎を右から左へと走った。月下に散る真紅の星粒。それでも退がらない、休みもしない。

刀身よ折れよ、とばかりに激突を反復させる鋼《はがね》対鋼《はがね》。ギンッ、チャリン、ガツンッと身の毛が弥立《よだ》つ〈必殺剣〉の音鳴り。噴き上がるように舞う火花が、剣客二人の肩に降りかかった。

「いえいっ、えいや」

裂帛《れっぱく》の気合《きあい》を腹の底から撃ち放った清継が、頬から血を噴き飛ばしつつ宗次の横面を打つ、小手を狙う、喉首《のどくび》を突く。矢に化《ば》けたが如く、光となったが如く「清継刀」の、宗次にひと呼吸すら与えぬ瞬息《しゅんそく》の攻《せ》めであった。

顎から鮮血を滴《したた》り落とす宗次の「対馬守」が、危うく受ける、また受ける。二刀に吸われた月明りが、めまぐるしく撥《は》ねて宙で乱舞。

猛烈な清継の殺意であった。武炎であった、怒濤《どとう》の激流であった。嚙み鳴る歯ぎしり。それは最早、役目をこえた憎悪そのものであるかのようだった。

「せいや、せいや」

眦を吊り上げ、面、面、面、面と肉体をぶっつけるようにして踏み込む清継。

顔面に火花を浴びて辛うじて受ける宗次の左膝《ひざ》が、がくんと折れた。折れたことで宗次の腰が沈む。

沈みざま、「対馬守」が夜気を切り鳴らし相手の下肢《かし》を薙《な》ぎ払った。

清継が地を蹴って宙に躍《おど》った。空《くう》を切った「対馬守」の勢いで地に片膝ついている宗次の上体が僅かに泳いだ。宗次の珍しい乱れ。

「対馬守」の切っ先が右へ流れたことで、宗次の左肩が空《あ》いた。

そこへ「清継刀」が、肉体と一体となって激しく落下。まさしく落下であった。避けようと後方へ跳び退がった宗次の左肩を「清継刀」がかすめる。

「うっ」と表情を歪めて素早く立ち上がった宗次が、正眼で身構えた。

たちまち宗次の着流しの肩に血の色が広がってゆく。

構えを改めようとしてか清継も退がって正眼に構えた。この勝負貰《もろ》うた、と読んだのか、清継の口元がニンマリとなる。

ただ、双方の間に大きな違いが生じていた。清継が肩で息をし、宗次は顎と肩に傷を負わされているものの、対決前と何ら変わらぬ穏やかな呼吸であったことだ。

その一方で、宗次の眼差しは一層のこと殺気と鋭さを増していた。見つけた獲物に襲いかかる寸前の鷹《たか》のように。

「美雪様は宗徳様には渡さぬ……触れさせぬ……近付けもさせぬ。たとえ美雪様に拒まれようとも」

清継は呻いた。切っ先を震わせて呻いた。さながら威嚇《いかく》を放つ獅子《しし》の咆哮《ほうこう》であった。けれども宗次は自分に向けられた清継の視線に、心なしか悲しみの漂いがあるのを見逃さなかった。

吉祥天女のような、あるいはまた楊貴妃のような気高さと美しさに恵まれ、それでいて汚れ寸分も無い可憐《かれん》さを備えた西条美雪の顔を瞼の裏に想い浮かべつつ宗次は、清継では美雪を我がものには到底できまい、と確信した。まさに確信であった。具体的に「これ」と理由の一つ一つを指し示すことは出来なかったが、清継と美雪とでは、双方の間に名状し難い決定的な違いが横たわっているような気がした。越えることの難し過ぎる大きな違いが。

「揚真流秘伝の舞いをお見せ致そう。奥傳《おくでん》第三章の三、夢剣《むけん》霞《かすみ》ざくら。参られよ」

宗次は静かに言い放ち、正眼に構えていた「対馬守」を鞘へ納め、右肩を下げて左足を引き、居合抜刀の構えを見せた。滴《したた》り落ちる顎からの鮮血は止まっていない。着流しに吸われ、肩口の血も広がっている。

清継もまた、頬から伝い落ちる血で、首、肩、胸元と真っ赤であった。

正眼構えの清継が、やや切っ先を下げ気味として、右足を引き矢張り腰を沈めて目の高さを宗次に合わせた。

「お命頂戴」

「お命を頂戴致す。襲い来る者を許さざること、必殺すべし。これ揚真流の原点なり」

穏やかに告げられて、くわっと目を見開いた清継は低い姿勢のまま宗次に突入した。

「清継刀」がひねり上げるようにしてヒヨッと唸りを発し、左下から右上へと走る。宗次の右腰から左肩にかけてを逆袈裟に斬った積もりであった。

しかし宗次は、居合抜刀の姿勢を微塵《みじん》も乱すことなく、逆袈裟に走った切っ先の方向とは全く逆の位置に、ふわりと浮いていた。

その通り、ふわりと浮いているように思わず見てしまった清継だった。

清継は我が眼を疑うしかなかった。自分の放った逆袈裟を相手が居合抜刀の構えのまま躱《かわ》せたのも不思議なら、考えられない位置にふわりと身を置いていることも信じられなかった。

（一体いつ舞ったのか……）

清継は声なく呟き、掌《てのひら》に噴き出す汗を覚え正眼構えを整えた。

次の抜刀に対して全神経を痛いほど集中させねばならない居合構えのまま、蜂のように位置を変え、蝶のように美しく構えを整え置くことなどは、至難の筈である。それを相手は、やり終えた。

「おのれ……」

清継は、目眩《めまい》に襲われる程の憤激に見舞われた己れを抑《おさ》え込めなかった。

「斬るっ」

清継は正眼構えのまま、再び宗次への突入を試みた。

電光石火の太刀筋には絶対の自信があった。瞬時に激変するという忍び業には誰にも負けぬという誇りもある。

宗次は身動きひとつ見せない。今度は貰ったと、清継は相手の胸へ閃光のように突き出した切っ先を、寸止めさせるや、深く体を沈めざま相手の股間を抉《えぐ》るように撥《は》ね上げた。これぞ激変業の一つ。

だが、またしても切っ先は空を切った。相手は、その位置から消えていた。

(まずい……)と直感した清継は、刀を防禦《ぼうぎょ》のために反射的に左へと振った。

いや、振ったつもりだった。激しい殺気が襲い来るのを感じていた。その殺気を打ち下せた、と感じた。

ところが、信じられない光景が、清継を待ち構えていた。

月明りの中、宙高く赤い粒を撒《ま》き散らして回転していたものが、目の前にドスンと音立てて落下。

それが二度弾んだ。

「やった」

清継は思わず呻きを放った。大刀を握ったままの肘から先が、密生している二葉葵の上にあるではないか。

清継は殺気ある右手方向へと、またしても素早く激しく体を振った。凡《およ》そ一間《けん》半(三メートル弱)ほど離れた位置に、なんと宗次が右肩を低く下げ左足を深く引いた居合の姿勢のまま動きを止めていた。

いや、止めてはいなかった。清継は予想だにしていなかった現実を目撃して震えあがった。宗次の手が、大刀の刀身を物打《ものうち》あたりまで鞘に納めていたのだ。見誤りでも目の錯覚でもなかった。これから抜刀するのではなく、居合を終えた刀身を鞘に納めていた。

宗次の名刀「対馬守」はまぎれもなく、物打までを鞘に納め、しかもそれを静かにゆっくりと深めてゆきつつあった。

居合抜刀の役割を済ませた、余りにも美し過ぎる宗次の姿であった。やがて、パチッという小さな鍔鳴り。

清継は小さくよろめいて、我が体を眺めた。あるべき筈の右肘から下が消えている。出血はまだ無い。

「くそっ」

清継は左手で左腰の脇差しを抜き放った。

「対馬守」を鞘へと戻し終えた宗次が、月明りのもと、すらりと立って首を横に振った。

「止されよ。血止めを致さねば」

「無用」

「そのままでは、お命頂戴となる」

「それで結構。お互いに、そう宣戦した筈」

「左様か。ならば、これでお別れぞ」

宗次は清継に背を向け、脱ぎ捨ててある雪駄《せった》の方へと歩き出した。

脇差しを左手にして清継は追い迫った。

左手を頭上高くに振り上げたとき、右肘から血潮が噴出した。

清継の足がもつれ合い、そして両膝を折った。

「渡さぬ……美雪様は渡さぬぞ」

眦を吊り上げ、涙を迸《ほとばし》らせて清継は絶叫した。

「おのれは……徳川宗徳とは……忍びでもあったか」

絶叫して、清継は仰向けにどっと倒れた。

宗次が立ち止まって振り返った。

「忍び業などは知らぬ。揚真流夢剣　霞ざくらの舞いを見て貰《もろ》うたまでのこと」

告げ終えて、宗次は再び清継に背を向けた。

月が雲に隠され、漆黒の闇が何もかもを呑み込んだ。

二十八

書院桜が、すっかり葉桜に姿を変えた穏やかな西条家。

「時が過ぎるというのは早いものじゃ。この桜が次に満開となる日は直ぐにも訪れよう。のう美雪」

美雪が淹《い》れてくれた茶を「桜の間」で楽しみながら、貞頼は葉桜へとそれはそれなりに美しく姿を変えた書院桜に目を細めた。目に眩しいほどの青葉の美しさだ。美雪が傍《かたわ》らに居るせいであろうか、武断派の英傑で知られた貞頼の、今朝の表情はこの上もなくやさしい。

登城が休みの日は、こうして朝から美雪の淹れてくれた茶を楽しむ貞頼であった。

「次に書院桜が満開となりまするると、私《わたくし》はまた年を取ってしまいます」

「何を言うか。お前はまだ二十歳《はたち》になったばかりではないか。亡き母によく似たお前の美しさは幾十年を経《へ》ようがいささかも衰《おとろ》えはせぬよ。自信を持ちなさい」

貞頼は微笑みながら、菓子盆の上の小皿に二つ並んでいる浅草は「喜村屋喜文堂」の人形焼に手を伸ばした。

「すっかり我が家の菓子に納まってしまったのう、これは」

「宗次先生から頂戴致しましてはじめて味おうて以来、もう二度も菊乃に浅草の『喜村屋喜文堂』まで出かけて貰っておりまする」

「その宗次先生に一度会わねばならぬのう。美雪の父として色色と礼を言わねばならぬし、またこの屋敷に襖絵でも頼みたいという思いもある」

「父上から襖絵の話が出ますと、宗次先生はきっとお喜びになりましょう」

「いや、案外に忙しいと断わられるやも知れぬぞ。浮世絵師宗次と言えば今や大名旗本家の間でも高い評価を受け、京《みやこ》の御所様からもお声がかかるほどの大天才だとか聞いておる」

「宗次先生が京《みやこ》の御所様をお訪ねなさるのは、そう先のことではないかも知れませぬ」

「その日程などについて美雪は宗次先生から聞かされてはおらぬのか」

「はい。聞かされてはおりませぬし、そのように大事なことを軽軽しく口になさる宗次先生でもありませぬから」

「美雪から宗次先生について聞かされてからはな、親しい旗本の幾人かに先生のことをそれとなく訊《き》いてみたのじゃが、侍の風格さえ備わったかに見える百年に一度出るかどうかの天才的浮世絵師と判って、父もいささか驚いておるのじゃ。どうも、武闘派のこの父はいかぬ。日常生活の中で絵や歌などへの関心を、も少し高めぬとな」

「でも、父上は武闘派であってこそ、お役目が務まるのではございませぬか。美雪は武闘派の父上を尊敬いたしております。絵とか歌とか茶華道につきましては、私《わたくし》にお任せ下さりませ」

「ははは、そうか。それにしても、これは確かに旨《うま》い」

人形焼を口にして頷いてみせる貞頼であった。美雪が離縁されて屋敷に戻って来て以来、心の内にほのぼのとしたものを覚えている貞頼である。美雪から、このところ二、三度にわたって聞かされている浮世絵師宗次についても、さほどの心配はしていなかった。

美雪の熱心な打ち明けようが穏やかで冷静さを失っていないと判ったからであったが、親しい旗本たちから聞かされた宗次評が大層良かったことも大きかった。

「のう美雪……」

「はい。何でございましょう」

「一度、父子《おやこ》で浅草を歩いてみようかの」

「でも父上は独りで外を出歩く訳には参らぬではございませぬか。大番頭《おおばんがしら》という御要職にある以上は、家臣の者を幾人も供として従えねばなりませぬゆえ、父子二人だけで浅草を散策するというのは、いささか難しいようにも思いまする」

「なあに。深編笠でもかぶって、こっそりと屋敷を抜け出せば済《す》むことじゃ。ははは」

「まあ、父上……」

父と娘は明るく笑った。

　このとき、「桜の間」へと廊下を急ぎ近付いてくる足音があった。

　それが菊乃と判らぬ筈のない、貞頼と美雪である。

「申し上げまする」

　座敷の前廊下に、菊乃が正座をした。火急《かきゅう》の用の場合は平伏をせずともよい、という西条家の仕来たりである。

「何事じゃ」

　菊乃のいささかの慌て様《よう》にも全く動じることなく、有田焼《ありたやき》の湯呑みにゆったりと手をやる貞頼だった。

「ただいま田賀藩御中老廣澤安衛門《やすえもん》様、ご嫡男和之進様の御二人が、御殿様へのお目通りを願《ねご》うて訪ねてお見えでございます」

「そうか、来たか。此処へ通してよい。此処へな」

　二人の来訪を予想でもしていたのであろうか、貞頼は頷きさえもせず目通りを承知した。

「はい。それでは……」

　菊乃が廊下を急ぎ足で戻ってゆくと、貞頼は書院桜を眺めていたそれまでの位置から、床の間を背にした上座へと移った。

美雪は父の体の温もりを残している座布団を片付けると、

「私《わたくし》は自分の部屋へ下《さ》がっておりますゆえ父上」

と告げたが、貞頼は首を横に振った。

「父の横に居るがよい。西条美雪としてな」

「でも父上……」

「いいから父の横にいなさい。ここに若し宗次先生がいたならば、おそらく父と同じことを言うたであろう」

思いもかけぬところへ宗次先生の名を出した父に驚き、しかし結局、美雪は父の言葉に従った。

「何者とも判らぬ刺客に船宿で襲われ負傷した和之進様を、父上のお言葉にしたがってお見舞いには参りませんでしたけれど、本当にそれで宜しかったのでしょうか父上」

「見舞いにゆかなくて、よかったのじゃ。これからの美雪は西条美雪として凜《りん》としておらねばならぬ、凜《りん》とな」

「はい」

「由緒《ゆいしょ》ある西条家のひとり娘として……な」

「はい。そのように努めまする」

「うむ。いい返事じゃ」

足音が廊下を伝わってきたので、美雪はすうっと背筋を伸ばした。その一瞬、父貞頼は娘の体に水仙《すいせん》の美しさと香りが漂ったかのような気がした。ああ、この子の不思議な美しさと気高さはこの子を産んでくれた雪代《ゆきよ》と同じだ、と貞頼は亡き妻のことを思い出した。

菊乃に案内されてきた田賀藩の重臣（御中老）廣澤安衛門とその嫡男和之進が、先ず座敷前の廊下に平伏し、菊乃は下《さ》がっていった。

田賀藩の重臣といえども廣澤家は六百石。西条家は「幕閣三臣」の一《ひとつ》、大番頭旗本六千石の大家である。八月になれば加増で七千石となる。

格に雲泥《うんでい》の開きがあった。

「久し振りでござるな。さ、遠慮のうこちらへ。障子は開け放ったままでよい」

貞頼に促され、安衛門・和之進父子は座敷に身を移して再度丁重に頭を下げたあと、安衛門、和之進の順で挨拶の言葉を述べた。ここまでは、型通りであった。

和之進はそうすることで治癒が少しは早まるのか、骨折の場合のように右腕を白帯で首から吊っていた。

和之進は右腕の肩付近から肘下までをざっくりと斬り裂かれていて出血ことのほか甚《はなは》だしく、一時は命が危ぶまれた程であったが、蘭医の外科手術が功を奏し、一命を取り止めたのだった。

「どうじゃ和之進、傷の具合は」

貞頼に訊かれて、和之進が思わず生唾を呑み下した。その様子を見逃さなかった美雪は、「あ、この人は今日、何やら難題を背負ってきたに相違ない」と、直感した。そうした場合の、元夫《もと》の生唾を呑み下す癖を決して忘れてはいない美雪だった。

和之進が堅《かた》い調子で答えた。

「はい、四、五日前までは、まだ少し傷口から血が滲んでおりましたが、一昨日《おととい》よりはそれもなくなり、痛みも消えましてございまする」

「それは何より。して、今日は父子《おやこ》揃うて何の用で参られたのじゃ」

「その前に申し上げたく……」

と、安衛門が身を乗り出すようにして、こちらへ顔を向けた貞頼と視線を合わせた。

「申し上げたき事とは？」

「倅《せがれ》、和之進が大事な妻に対してとった一方的離縁につきましては、その折り私《わたくし》より貞頼様宛てにお詫《わ》びの書状を差し上げておりまするが、離縁に至ります詳しい事情につきましては、正しく打ち明けねばならぬ作法を断腸の思いで閉ざさせて戴きました。本日こうして父子揃うてお訪ね致しましたるは……」

「その事情とやらについて今日この場で明かしたいと申されるのだな」

「は、はい」

「ならば、もうよい。大切な娘はこうして西条家に戻ってきておる。いまさら離縁の事情など、この西条貞頼にとっても娘にとっても、なんの意味も無いわ」

「な、なれど……」

と、今度は和之進が父親よりも前へ膝頭を滑らせた。

「此度の離縁は私の本心ではありませぬ。我が藩主常光《つねみつ》様のご病状ことのほか重いことにより田賀藩の次期領袖《りようしゆう》をどなた様にするかにつきまして、複数の派閥が衝突を繰り返し遂には藩士やその家族に次次と犠牲者が出ましたることから、妻の安全を願い已《や》む無《な》く……」

「詭弁《きべん》じゃ」

「は？」

「詭弁と言うておる。田賀藩の名家である御中老廣澤家の嫡男ともあろう者なら、いかなる危機が我が家に迫り来ようとも、命を張って妻女を守ろうとするものじゃ。それこそが武士というものぞ。それを一方的離縁というこざかしい手法を用いて、しかもお家の事情とやらの方を最優先にするなどは、私に言わせれば武士として、下《げ》の下《げ》じゃ。妻を何よりも大事として若《も》し藩を蹴り離れておれば、この西条貞頼、我が力の及ぶ限り其方《そなた》の味方となっていたであろうに」

「貞頼様。一方的離縁というこざかしい手段を思いついたるは、この老いたる廣澤安衛門めにござりまする。倅に非はございませぬ。なにとぞこの老骨を、お許し下され」

安衛門は畳に額が触れる程に頭を下げると、言葉を続けた。

「倅が申し上げましたように此度の跡継ぎ騒動によって、多くの藩士とその家族の命が失なわれましてございまする。藩士同士の衝突。幕府隠密方によるものと推測される残酷なる制裁。しかし、それらによって多くの犠牲者が出ましたることが、却《かえ》って騒動を終息させる結果になりましてございまする」

「うむ。それの経緯の大筋についてはすでに私の耳へも入っておる」

「しかも、藩の大方が期待を寄せておりましたる極めて英邁《えいまい》なる御人《おひと》が次期藩主と内定致し、この御人が幕閣にことのほか気に入られましたることで、騒動による藩のお取り潰しは辛うじて免れましてございまする」

「それについても承知致しておる。ま、安衛門殿、頭を上げなされ。この西条貞頼、淡淡たる気分で、その方たち父子を迎えておるのじゃ。打ちのめしてやろう、皮肉の一つも言うてやろう、などという気持は、毛程も持っておらぬわ」

「は、はい。恐れ入りまする」

安衛門は青ざめた顔《おもて》を上げはしたが、しかし視線は己れの膝の上に落としていた。

和之進が、必死の面持ちを見せて切り出した。

「駄目でございましょうか。お許しは戴けませぬでしょうか。美雪を、いえ、美雪様を再び我が妻としてお迎え致したき儀《ぎ》につきまして」

「さあてな……」

西条貞頼は小さな溜息を吐いてから、娘を見た。

「美雪の考えとして申し述べるがよい。それが何よりも大事じゃ」

美雪は頷くと、物静かな調子できっぱりと言い切った。

「私《わたくし》は西条家から離れる積もりはありませぬ。父上のおそばに置いて戴きまする」

その美雪が、書院桜の陰に隠れるようにして立っている菊乃に気付いた。こちらを見ながら、表御門の方を意味あり気に指差しているではないか。

「いま申し上げたことが、私《わたくし》の変わることのない返答でございます。二度と廣澤家に戻る気はありませぬ」

言い終えて美雪は立ち上がると廊下に出て、開け放たれてあった大障子を音立てぬよう静かに閉じた。

美雪は、やわらかな草色の本革草履を履いて庭先に下りると、書院桜の陰から現われた菊乃に近付いていった。

「宜しゅうございました。ほっと致しました。迷いのない美しい佳《よ》き面立ちでございましたよ美雪様」

「表御門の方を指差していましたね菊乃」

「ともかく行って御覧なさいませ。今日はいい天気。浅草めぐりなど宜しゅうございますよ」

「え……若《も》しや菊乃」

「御殿様へは私《わたくし》からきちんと申し上げておきます。私《わたくし》は今日は忙しいので御供は出来ませぬ。急なお客様のため、膳部方のお手伝いを致さねばなりませぬゆえ」

菊乃はにこやかにそう言い終えると、御殿様御殿に隣接する膳部棟の方へとさも忙しそうに去っていった。

美雪は表御門へと急いだ。胸の内があたたかく波立っているのが自分で判った。

下男頭の与市が潜り木戸を開け、にこやかに待ってくれていた。

「与市……」

美雪が短い言葉をかけると、与市は「さ……」と目を細めて頷いた。

美雪は表御門の外へと出た。

とたん、控えめな美しい笑みがその端整な面《おもて》にひろがり、たちまち気持が緩んで大粒の涙が一つ、白い雪肌の頬を伝い落ちた。

美雪は、背後で潜り木戸が閉まったカタンという小さな音を聞きながら、その人がやさしい眼差《まなざ》しでゆっくりと近付いてきてくれるのを待った。

また涙が頬を伝い落ちた。

（完）

「門田泰明時代劇場」刊行リスト

ひぐらし武士道
『大江戸剣花帳』（上・下）
徳間文庫　平成十六年十月
光文社文庫　平成二十四年十一月
徳間文庫（新装版）　令和二年一月

ぜえろく武士道覚書
『斬りて候』（上・下）
光文社文庫　平成十七年十二月
徳間文庫　令和二年十一月

ぜえろく武士道覚書
『一閃なり』（上）
光文社文庫　平成十九年五月

ぜえろく武士道覚書
『一閃なり』（下）
光文社文庫　平成二十年五月
徳間文庫　令和三年五月
（上・中・下三巻に再編集して刊行）

浮世絵宗次日月抄
『命賭け候』
徳間書店　平成二十年二月
徳間文庫　平成二十一年三月
祥伝社文庫　平成二十七年十一月
（加筆修正等を施し、特別書下ろし作品を収録して『特別改訂版』として刊行）

ぜえろく武士道覚書
『討ちて候』（上・下）
祥伝社文庫　平成二十二年五月
徳間文庫　令和三年七月

浮世絵宗次日月抄
『冗談じゃねえや』
徳間文庫　平成二十二年十一月
光文社文庫　平成二十六年十二月
（加筆修正等を施し、特別書下ろし作品を収録して『特別改訂版』として刊行）
祥伝社文庫　令和三年十二月
（上・下二巻に再編集して『新刻改訂版』として刊行）

浮世絵宗次日月抄
『任せなせえ』　光文社文庫　平成二十三年六月
祥伝社文庫　令和四年二月
（上・下二巻に再編集し、特別書下ろし作品を収録して『新刻改訂版』として刊行）

浮世絵宗次日月抄
『秘剣 双ツ竜』　祥伝社文庫　平成二十四年四月

浮世絵宗次日月抄
『奥傳 夢千鳥』　光文社文庫　平成二十四年六月
祥伝社文庫　令和四年四月
（上・下二巻に再編集して『新刻改訂版』として刊行）

浮世絵宗次日月抄
『半斬ノ蝶』（上）　祥伝社文庫　平成二十五年三月

浮世絵宗次日月抄
『半斬ノ蝶』（下）　祥伝社文庫　平成二十五年十月

浮世絵宗次日月抄
『夢剣 霞ざくら』　光文社文庫　平成二十五年九月
祥伝社文庫　令和四年六月
（上・下二巻に再編集して『新刻改訂版』として刊行）

拵屋銀次郎半畳記
『無外流 雷がえし』（上）　徳間文庫　平成二十五年十一月

拵屋銀次郎半畳記
『無外流 雷がえし』（下）　徳間文庫　平成二十六年三月

浮世絵宗次日月抄
『汝 薫るが如し』　光文社文庫　平成二十六年十二月
（特別書下ろし作品を収録）

浮世絵宗次日月抄
『皇帝の剣』（上・下）　祥伝社文庫　平成二十七年十一月
（特別書下ろし作品を収録）

拵屋銀次郎半畳記
『俠客』（一）　徳間文庫　平成二十九年一月

浮世絵宗次日月抄
『天華の剣』（上・下）　光文社文庫　平成二十九年二月

拵屋銀次郎半畳記
『俠客』（二）　徳間文庫　平成二十九年六月

拵屋銀次郎半畳記
『俠客』（三）　徳間文庫　平成三十年一月

浮世絵宗次日月抄
『汝よさらば』（一）　祥伝社文庫　平成三十年三月

拵屋銀次郎半畳記
『俠客』（四）　徳間文庫　平成三十年八月

浮世絵宗次日月抄
『汝よさらば』（二）　祥伝社文庫　平成三十一年三月

拵屋銀次郎半畳記
『俠客』（五）　徳間文庫　令和元年五月

浮世絵宗次日月抄
『汝よさらば』（三）　祥伝社文庫　令和元年十月

『黄昏坂七人斬り』　徳間文庫　令和二年五月
『汝　想いて斬』（一）　徳間文庫　令和二年七月
摺屋銀次郎半畳記
『汝よさらば』（四）　祥伝社文庫　令和二年九月
浮世絵宗次日月抄
『汝　想いて斬』（二）　徳間文庫　令和三年三月
摺屋銀次郎半畳記
『汝よさらば』（五）　祥伝社文庫　令和三年八月
浮世絵宗次日月抄
『汝　想いて斬』（三）　徳間文庫　令和四年三月
摺屋銀次郎半畳記

本書は平成二十五年に光文社より刊行された『夢剣　霞ざくら　浮世絵宗次日月抄』を上・下二巻に再編集し、著者が刊行に際し加筆修正したものです。

夢剣 霞ざくら（下）

一〇〇字書評

切り取り線

購買動機（新聞、雑誌名を記入するか、あるいは○をつけてください）

□（　　　　　　　　　　　）の広告を見て	
□（　　　　　　　　　　　）の書評を見て	
□ 知人のすすめで	□ タイトルに惹かれて
□ カバーが良かったから	□ 内容が面白そうだから
□ 好きな作家だから	□ 好きな分野の本だから

・最近、最も感銘を受けた作品名をお書き下さい

・あなたのお好きな作家名をお書き下さい

・その他、ご要望がありましたらお書き下さい

住所	〒				
氏名		職業		年齢	
Eメール	※携帯には配信できません	新刊情報等のメール配信を 希望する・しない			

この本の感想を、編集部までお寄せいただけたらありがたく存じます。今後の企画の参考にさせていただきます。Eメールでも結構です。

いただいた「一〇〇字書評」は、新聞・雑誌等に紹介させていただくことがあります。その場合はお礼として特製図書カードを差し上げます。

前ページの原稿用紙に書評をお書きの上、切り取り、左記までお送り下さい。宛先の住所は不要です。

なお、ご記入いただいたお名前、ご住所等は、書評紹介の事前了解、謝礼のお届けのためだけに利用し、そのほかの目的のために利用することはありません。

〒一〇一‐八七〇一
祥伝社文庫編集長　清水寿明
電話　〇三（三二六五）二〇八〇

祥伝社ホームページの「ブックレビュー」からも、書き込めます。

www.shodensha.co.jp/bookreview

祥伝社文庫

夢剣《むけん》 霞《かすみ》ざくら（下）新刻改訂版《しんこくかいていばん》 浮世絵宗次日月《うきよえそうじじつげつ》 抄《しょう》

令和 4 年 6 月 20 日　初版第 1 刷発行

著　者　門田泰明《かどたやすあき》

発行者　辻　浩明

発行所　祥伝社《しょうでんしゃ》

東京都千代田区神田神保町 3-3
〒 101-8701
電話　03（3265）2081（販売部）
電話　03（3265）2080（編集部）
電話　03（3265）3622（業務部）
www.shodensha.co.jp

印刷所　萩原印刷
製本所　ナショナル製本
カバーフォーマットデザイン　かとうみつひこ

Printed in Japan ©2022, Yasuaki Kadota　ISBN978-4-396-34819-9 C0193